小川洋子のつくり方

Making of Yoko Ogawa

田畑書店編集部 編
Edited by Tabatashoten

田畑書店

Contents

装　画　山田ミヤ

装　幀　田畑書店デザイン室

第１章　死者の声を運ぶ小舟

Chapter 1　How We Retain the Memory of Japan's Atomic Bombings:Books

◎以下は2020年8月6日付ニューヨーク・タイムズ誌の特集シリーズ〈Beyond the World War Ⅱ We Know〉の中で、〈How We Retain the Memory of Japan's Atomic Bombings:Books〉というタイトルで発表された小川洋子の署名記事の原文「死者の声を運ぶ小舟」と、その英文記事（スティーブン・スナイダー訳）である。

死者の声を運ぶ小舟

小川洋子

広島の原爆の日は八月六日。長崎は八月九日。そして終戦の日が八月十五日。日本にとって八月は、死者を思う季節である。

本当なら今年、七十五年めの原爆の日を、私たちは東京オリンピックの期間中に迎えるはずだった。しかし、新型コロナウイルスの蔓延によりオリンピックは延期され、思いがけない静けさの中で人々は、死者のために黙禱を捧げることになった。

一九六四年の東京オリンピック大会で聖火の最終ランナーを務めたのは、十九歳の、無名の陸上選手だった。その青年は、原爆投下の当日、広島で生を受けていた。真っ白いランニングシャツと短パンを身に着け、聖火台に続く長い階段を駆け上がる彼の姿は、実に清潔で、均整がとれ、全身に若々しさが満ちあふれていた。この映像を目にするたび、敗戦からわずか十九年で、世界中の人々が集まるスポーツの祭典が日本で催された、という現実に驚かされる。人類が経験したことのない徹底的な破壊の中から誕生した、一人の生命が、炎をなびかせながら、一段一段、火を運んでゆく。最終聖火ランナー選出の裏に、政治的な意図が入り乱れていたとしても、広島で生まれた十九歳の青年が放つ生命力には、何のごまかしもなかった。

核兵器廃絶の理想は実現しないままに、やがて、若い肉体が復興の証となる時は過ぎていった。世界で唯一の被爆国として、核兵器の非人道性を訴えてゆくことの難しさに、日本は直面し続けてきた。その難しさは年々、複雑さを増しているように思える。二〇一五年、NHK放送文化研究所が行った原爆意識調査によれば、広島原爆投下の年月日を正確に答えられた割合は、広島市で六九％、長崎市で五〇％、全国では三〇％にとどまったという。忘却の壁はどんどん高くなってゆく。そう遠くない未来に、被爆した人から直接話を聴ける時代は終わりを迎える。

体験者の世代で記憶を途切れさせず、体験していない者がどうやってそれを受け継いでゆくか。二度と繰り返してはならない重大な過ちを犯した時、人類は繰り返し、記憶の継承という問題に立ち向かってきた。数々の戦争、ホロコースト、チェルノブイリ、フクシマ……。もちろんヒロシマ・ナガサキも例外ではない。

自分が生まれる前、遠いどこかで起こった無関係なはずの事実を、単に知識として得るだけでなく、直接の体験と同様に自らに刻み込み、記憶の小舟に載せて次の世代につなげてゆく。この困難を乗り越えるためには、政治や学問の助けだけでは足りない。なぜなら、他人の記憶を共有するなど、全く非論理的な足掻きだからだ。

ここで文学の力が求められる。理屈から自由になり、矛盾を受け止める必要に迫られた時、人は自然と文学に心を寄せるようになる。文学の言葉を借りてようやく、名前も知らない誰かの痛みに共感できる。あるいは、取り返しのつかない過ちを犯してしまう人間の、愚かさの影が、自らの内にも潜んでいないか、じっと目を凝らすことができるのだ。

私自身、『アンネの日記』や『夜と霧』（V・E・フランクル）や『これが人間か』（プリーモ・レーヴィ）を幾度となく読み返すことで、ナチスドイツ時代を生きた人々の声に、耳を澄ましている。アンネ・フランクにより、たとえ隠れ家に閉じ込められていようとも、人は成長できるという尊い事実を教えられ、フランクルの〝すなわち最もよき人々は帰ってこなかった〟の一文に、強制収容所を生き延びた後に続く苦悩の果てしなさを感じ取った。そんなふうに、今の自分と、自分が存在しない時間がつながった時、人生に新たな地平が拓けるのを実感した。

そしてまた日本文学も、原爆を描き続けている。小説、詩歌、戯曲、ルポルタージュ等々、あらゆるジャンルで原爆というテーマは、特別な場所を占めている。一九六二年生まれの私にとってなじみ深いのは、例えば、不思議な喋る椅子に導かれ、日めくりカレンダーが6のまま止まった家で、二人の少女が時を超えて交差する童話『ふたりのイーダ』（松谷みよ子）。原爆の後遺症の無残さを描き、日本の文学史には決して欠くことのできない小説となっている『黒い雨』（井伏鱒二）。デビューして間もない二十代の大江健三郎が広島を訪れ、過酷な日々を忍耐し続ける被爆者たちに、最も人間的な威厳を見出してゆくさまを記したレポート『ヒロシマ・ノート』……。挙げてゆけばきりがない。

ここでどうしても取り上げたい小説がある。教科書にも載るほど、日本では大事に読み継がれている、原民喜の『夏の花』。体験者によってまさにその時が記された小説だ。

一九〇五年、広島市生まれの原は文芸誌に詩や小説を発表する生活の中、一九四四年に妻と死別し、関東での生活を切り上げ、四五年の二月、広島に一人帰郷。〃まるで広島の惨劇に遭ふためにやうなものだつた〃と自ら書いているとおり、当日、実家のトイレに入っている時、その瞬間を迎える。幸い大きな怪我を免れた原は、手帳にメモを取りながら、燃え盛る広島の町を逃げ惑う。この記録がのちに『夏の花』となる。

小説は原爆投下の前々日、妻の墓参りの場面からはじまる。水を掛け、夏の花を飾った墓は主人公の目に清々しく映る。人生の支えであった最愛の妻の死と、二日後に彼が目にするおびただしい数の死が、同じ死という言葉におさまりきらず、引き裂かれてしまう予感が、書き出しの一ページに悲しく漂っている。

川を目指して避難する主人公の様子を、作者は冷静に細やかに描写してゆく。簡潔な文章には、感情を表す言葉が見当たらない。かつて誰一人目にしたことのない、生々しい現実だけが次から次へと主人公の前に立ち現れ、感情などというあいまいなものを飲み込んでしまうのだ。

男か女か区別もつかないほどに腫れ上がった顔。全体が黒豆の粒々で出来上がっているような黒焦の頭。「水をくれ、水をくれ」と狂いまわる声。「お母さん、お父さん」とかすかに静かな声とともになされる合掌。死体から剥ぎ取られる形見の爪とバンド……。死臭に満ちる町は、こんなふうに描写されている。〃……銀色の虚無のひろがりの中に、路があり、川があり、橋があった、そして、赤むけの膨れ上った屍体がところどころに配置されていた。これは精密巧緻な方法で実現された新地獄……〃

人間的なものを根こそぎ奪うのが原子爆弾なのだとすれば、この時、言葉も燃え尽きてしまったのかもしれない。しかし何ものかの導きか、原が避難するのに持ち出した非常用の鞄の中には、食料や医薬品と一緒に手帳と鉛筆が入っていた。彼が記したのは、単なる言葉ではない。死に行く者や、死者たちから発せられる、到底言葉にはできない何かを聴き取った印だ。無言のまま去っていかなければならない人々が、確かにここに存在したという証となる痕跡だ。

妻を病で亡くし、孤独の中で原爆に遭った原の創作の礎には、いつも死者たちの無言があった。広場の真ん中に立ち、社会に向かって大きな声で物申すのではなく、言葉を奪われた者の声なき声を言葉にする、という矛盾に黙々と耐えた作家、詩人だった。

原の書いた、『コレガ人間ナノデス』という短い詩がある。怒りや恨みを超え、人間とは思えない姿になってしまった人のか細い声を、ただそっと抱き留める詩だ。

コレガ人間ナノデス
原子爆弾ニ依ル変化ヲゴラン下サイ
肉体ガ恐ロシク膨脹シ
男モ女モスベテ一ツノ型ニカヘル
オオ　ソノ真黒焦ゲノ滅茶苦茶ノ
爛レタ顔ノムクンダ唇カラ洩レテ来ル声ハ
「助ケテ下サイ」
ト　カ細イ　静カナ言葉

コレガ　コレガ人間ナノデス
人間ノ顔ナノデス

これを読む時、ナチスの強制収容所から生還したイタリア人化学者、プリーモ・レーヴィの『これが人間か』を思い出さずにはいられない。冒頭、こんな問いが掲げられている。

これが人間か、考えてほしい
泥にまみれて働き
平安を知らず
パンのかけらを争い
他人がうなずくだけで死に追いやられるものが。

私には、互いを知るはずもなかったレーヴィと原、二人の言葉が呼応し合っているように感じられる。ある者は、これが人間か、と問い、ある者は、これが人間なのです、と答える。人間らしくあろうともがく者と、人間らしさを見失うまいとする者が、文学の言葉を通して一つに重なり合い、未来にまで届く思いを響かせている。文学の世界では、単なる無意味な偶然、で済ませられてしまうものの中に、最も大切な真理が映し出される。文学の助けにより、死者の言葉が小舟にすくい上げられ、真実の川を連なって流れてゆく。

偶然、ということで言えば、原民喜は一九五一年、プリーモ・レーヴィは一九八七年、生き残った者の使命を果たし終えた、と自ら悟ったかのように、ともに自死している。

今、私の手元に、広島平和記念資料館の収蔵品を撮影した写真集『Hiroshima Collection』（撮影＝土田ヒロミ）がある。中学一年生、折免滋《おりめんしげる》君の弁当箱と水筒の写真を見つめている。滋君は動員学徒として作業中に、爆心地から５００メートルで被爆。川の土手に積み重ねられた遺体のカバンから、お母さんがこれを発見した。「今日は大豆ご飯だから、昼飯が楽しみだ」と言って出かけたという。弁当箱は歪み、蓋には穴が開き、中身は真っ黒に炭化している。

この小さな箱には、息子を思う母親の愛情と、質素な大豆ご飯を楽しみにしていた少年の無邪気さが詰まっている。たとえ原爆の体験者が一人もいなくなっても、弁当箱が朽ちて化石になっても、小さな箱に潜む声を聴き取ろうとする者がいる限り、記憶は途絶えない。死者の声は永遠であり、人間はそれを運ぶための小舟、つまり文学の言葉を持っているのだから。

〈Beyond the World War Ⅱ *We know*〉
How We Retain the Memory of Japan's Atomic Bombings:Books

The atomic bombing of Hiroshima occurred on Aug. 6. The bombing of Nagasaki on Aug. 9. The announcement of surrender came on the 15th. In Japan, August is the time when we remember the dead.

This year, the 75th anniversary of the atomic bombings would have been observed during the Tokyo Olympics. But the Games were postponed because of the spread of the novel coronavirus, and we will be left instead to offer our prayers for the dead in an atmosphere of unexpected calm.

The final torch bearer at the 1964 Tokyo Olympics was a relatively unknown, 19-year-old, track and field competitor named Yoshinori Sakai, a young man who was born in Hiroshima on the day the bomb was dropped. There was something extraordinary about the sight of him, clad simply in white shirt and shorts, running up the long stairway that led to the caldron he was meant to light. He embodied purity, a sense of balance and an overwhelming youthfulness. Those who saw him must have been amazed to realize that the world had gathered in Japan to celebrate this festival of sport a mere 19 years after the end of the war. Yet there he was, a young man born of unprecedented, total destruction, a human being cradling a flame, advancing step by step. No doubt there were political motivations behind the selection of the final runner, but there was no questioning the hopeful life force personified by this young man from Hiroshima.

Sadly, in the intervening years, we have failed to realize the dream of a nuclear-free world. Even in Japan, the memories fade. According to a 2015 survey conducted by NHK, Japan's public broadcasting organization, only 69 percent of the residents of Hiroshima and 50 percent of the residents of Nagasaki could correctly name the month, day and year when the Hiroshima bomb was dropped. At the national level, the rate fell to 30 percent. The cloud of oblivion rises, and the time is coming soon when it will no longer be possible to hear directly from witnesses about their experiences.

So, what can those who have not seen with their own eyes do to preserve the memories of those who have? How do we ensure that witnesses continue to be heard? In the wake of unimaginable horrors — endless wars, the Holocaust, Chernobyl, Fukushima ... not to mention Hiroshima and Nagasaki — humankind has constantly confronted the problem of the continuity of memory. How do we inscribe within us things that happened long ago and far away that have no apparent connection to our lives, not simply as learned knowledge but exactly as though we had experienced them ourselves? How do we build a fragile bark to carry these memories safely to the far shore, to the minds of the next generation? One thing is certain: It is a task for which political and academic thinking and institutions are poorly suited, quite simply because the act of sharing the memories of another human being is fundamentally an irrational one.

So we appeal to the power of literature, a refuge we turn to when forced to confront contradictions that lie beyond reason or theory. Through the language of literature, we can finally come to empathize with the suffering of nameless and unknown others. Or, at very least, we can force ourselves to stare without flinching at the stupidity of those who have committed unforgivable errors and ask ourselves

whether the shadow of this same folly lurks within us as well.

I myself have listened intently to the voices of those who lived during the era of Nazi Germany, by reading and rereading Anne Frank's "Diary of a Young Girl," Victor Frankl's "Man's Search for Meaning," and Primo Levi's "If This Is a Man." From Frank, for example, I learned the invaluable truth that a human being can still grow and develop even when living in hiding. From Frankl's observation that "the best of us did not return" from the concentration camps, I learned to feel the boundless suffering of those who survived and were forced to live on. And when, through these books, the connection was made between my existence here and now and that earlier time when I was not yet alive, I could feel my horizons expanding, a new field of vision opening.

Likewise, Japanese literature continues to tell the story of the atomic bombs. Bomb literature occupies a special place in every genre — fiction, poetry, drama, nonfiction. For example, anyone born in 1962, as I was, would be familiar with Miyoko Matsutani's "Two Little Girls Called Iida," the story of a magical talking chair that unites two girls across time in a house where the calendar is forever frozen on Aug. 6. Or, with one of the indispensable works of modern Japanese literature, Masuji Ibuse's "Black Rain," with its excruciating account of the aftermath of the bomb. Kenzaburo Oe, still in his 20s and barely embarked on his literary career, visited Hiroshima and gave us "Hiroshima Notes," his report on the extraordinary human dignity of the bomb victims enduring the harsh reality of survivors. There is no end to similar examples.

But there is one novel so admired and avidly read, even today, that it is regularly included in school textbooks: Tamiki Hara's "Summer Flowers." A work by a bomb

victim himself, it records the period and experience in precise detail.

Born in Hiroshima in 1905, Hara had been living in Tokyo, contributing fiction and poetry to literary magazines, when his wife died suddenly in 1944. In February 1945, he returned to his birthplace, exactly as though he'd "had a rendezvous with the tragedy that was coming to Hiroshima," as he later wrote. On the morning of Aug. 6, he was at home in his windowless bathroom — a fact that possibly saved his life. Fortunate to have escaped serious injury, Hara spent the following days wandering the burning city and recording his experiences in his notebook, a record that later became "Summer Flowers."

The novel begins two days before the bombing, as the protagonist pays a visit to his wife's grave. He washes the stone and places summer flowers on it, finding the sight cool and refreshing. But this opening passage is haunted by sadness, a horrible premonition of the impossibility of accounting for the loss of his beloved wife and the innumerable corpses he will see a short time later.

The author's description of the protagonist as he flees to the river for refuge is detailed and almost cold in tone. The language is concise, and words that might express sentiment are nowhere to be found. Horrors of the sort no human being had ever witnessed unfold one after the other before the narrator's eyes, and he finds himself unable to express anything as vague as mere emotion.

Faces so swollen that it was impossible to tell whether they were men or women. Heads charred over with lumps like black beans. Voices crying out again and again for water. Children clutching hands together as they whispered faintly, "Mother ... Father." People prying fingernails from corpses or stripping off belts as keepsakes of the dead. The narrator describes a city filled with the stench of death: "In the vast, silvery emptiness, there were roads and rivers and bridges, and scattered here and

there, raw and swollen corpses. A new hell, made real through some elaborate technology."

When the atomic bomb snatched away all things human, it might have incinerated words themselves at the same time. Yet, led perhaps by the hand of providence, he tucked a notebook and a pencil in with his food and medicine. And what he wrote down in his notebook was not mere words. He created a symbol for something he had heard from the dead and dying that simply could not be expressed in words. Vestiges, scraps of evidence that these human beings who had slipped mutely away had, indeed, existed.

Having lost his wife to illness and then, in his solitude, encountered the atomic bomb, Hara's creative work was constantly rooted in the silence of the dead. He was a writer, a poet, who stood in the public square, not to call out to his fellow man but to mutely endure the contradiction of putting into words the voiceless voices of those whose words had been taken from them.

Hara is the author of a short poem titled "This Is a Human Being," a work that transcends bitterness and anger, seeking to gently capture the failing voice of someone who no longer appears human:

> This is a human being.
> See how the atom bomb has changed it.
> The flesh is terribly bloated,
> men and women all taking the same shape.
> Ah! "Help me!" The quiet words of the voice that escapes
> the swollen lips in the festering face.
> This is a human being.
> This is a human face.

Reading it, we can't help being reminded of "If This Is a Man," by Primo Levi, chemist and concentration camp survivor. Right at the outset, Levi poses the question:

> Consider if this is a man
> Who works in the mud
> Who does not know peace
> Who fights for a scrap of bread
> Who dies because of a yes or a no

I have no idea whether Levi and Hara were acquainted, but we can hear the resonance between their words. One asks whether this is a human being; the other answers that it is. In their work, we find the meeting of one man who struggles to preserve the quality of humanity and another who is determined not to lose sight of that same quality — a meeting of the minds that continues to reverberate into the future. In the world of literature, the most important truth can be portrayed in a simple, meaningless coincidence. With the help of literature, the words of the dead may be gathered and placed carefully aboard their small boat, to flow on to join the stream of reality.

A further coincidence: perhaps with the sense that they had accomplished their duty as survivors, or perhaps because the burden of living with the horrors of their pasts was too great, the two men took their own lives, Hara in 1951 and Levi in 1987 [some dispute that Levi's death was a suicide].
As I write, I have in front of me Hiromi Tsuchida's collection of photographs of bomb artifacts offered by the Hiroshima Peace Memorial Museum. I am struck by

a picture of a lunchbox and canteen that belonged to a middle school student named Shigeru Orimen. His class had been mobilized for the war effort and was working in the city on the morning of Aug. 6. Shigeru was 500 meters from ground zero when the bomb fell. His mother discovered his body among the corpses piled on the river bank and recovered the lunchbox and canteen from his bag. She remembered he had left that morning saying how much he was looking forward to lunch, since she had made roasted soybean rice. The lunchbox was twisted out of shape, the lid cracked open, and the contents were no more than a lump of charcoal.

But, in fact, this tiny box contained something more important: the innocence of a young boy who had been full of anticipation for his simple lunch, and his mother's love. Even when the last victim of the atomic bomb has passed away and this lunchbox is no more than a petrified relic, as long as there is still someone to hear the voice concealed within it, this memory will survive. The voices of the dead are eternal, because human beings possess the small boat — the language of literature — to carry them to the future.

第2章　世界は小川洋子の文学をどう受容したか

Chapter 2　How the World Accepts the Literature of Yoko Ogawa

◎「世界のジャーナリズムが注目した小川洋子の文学」は、海外で注目された小川洋子に関するインタビュー記事、および書評から以下のものを参考とし、編集部の文責としてまとめた。

- ○『ニューヨーク・タイムズ』 2019年8月16日
- ○『ラ・リーブル・ベルジック』 2018年5月7日
- ○『ル・ヴィフ・レクスプレス』 2018年5月28日

（翻訳協力：加藤広和）

◎「海外で出版された小川洋子の作品たち」は、日本著作権輸出センターから資料を提供いただき、編集部が再構成した。

世界のジャーナリズムが注目した小川洋子の文学

田畑書店編集部

ニューヨーク・タイムズ紙が取り上げた小川洋子

小川洋子の文学はどこよりも先んじてフランス語圏に紹介されたが、世界でもっとも広範な読者を持つ英語圏に知られるきっかけとなったのは、二〇〇四年、『ニューヨーカー』に短篇「夕暮れの給食室と雨のプール」が翻訳掲載されたことだった。続いて同誌は二〇〇五年に「妊娠カレンダー」を掲載する。以後、短篇集『ダイヴィング・プール』を皮切りに次々と書籍が刊行されたが、中でも最も強いインパクトを与えたのは、二〇一九年に『メモリー・ポリス［*The Memory Police*］』というタイトルでピカドールから翻訳出版された『密やかな結晶』だった。

その刊行に際して、ニューヨーク・タイムズ紙は二〇一九年八月十六日付の紙面に長いインタビュー記事を掲載した。〈記憶が消えゆく世界［*A World of Disappearing Memories*］〉と名付けられたその記事は、次のようなリードで始まっている。

――『アンネの日記』に触発された作家は、彼女の体験の〝再構成〟を試みた。

小川洋子の文学がなぜこれほど広く世界に受容されるのか。その要因はさまざまだろうが、ひとつには彼女の文学の根底にアンネ・フランクの強い影響がみられることにある。それだけアンネの経験は世界にとって普遍的であり、ゆえに小川洋子の文学も同根の普遍性をもって受け止められていると考えられる。

取材にあたり、芦屋にある小川の自宅を訪問してインタビューを試みたニューヨーク・タイムズ紙の記者モトコ・リッチは、まずそのことから筆を起こす。

「孤独だった十代のころ『アンネの日記』に出会って心を奪われた小川洋子は、自身も日記をつけるようになるが、それはあたかも大切な友人であるアンネに向けて書くようなものだった。アンネの肉体的な拘束感を追体験するため、小川は押し入れやキルトで覆われたテーブルの下に、ノートを片手に潜り込んだ。そして数十年が過ぎ、小川はアンネの世界のイメージを『メモリー・ポリス』へと変換した」

『メモリー・ポリス』は英語圏に翻訳紹介された小川作品では五つ目にあたる。そのタイトルの付け方に顕著だが、翻訳者および出版社はまずこの作品のもつディストピア小説としての側面、ある種のメッセージ性に着目している。その点を記事では次のように表す。

「この作品は一九九四年に日本で出版されたが、独裁主義が世界的に台頭している現在にこそ共鳴する小説である。作品のなかでは市民はつねに政府の監視下に置かれている。本は焼かれ、人々は理由なく拘束され尋問される。隣人たちが真夜中に連れ去られることもある。市民は四六時中、恐怖におののいているが、事物が消えていくことに成す術もない。語り手は状況をこう説明する。〝そこで起こっていることは、確かに最悪な出来事だった。けれどもそれに言及することは、人々をさらなる危険に陥れた〟」

小川洋子のエージェントであるアンナ・スタインと小川作品の長年の翻訳者、スティーブン・スナイダーは、二〇一四年にすでにこの作品を翻訳することに決めていたという。「この作品の恐ろしさは、いま、これまでのどの時代よりも訴えかけるものがあります」と記事ではアンナ・スタインの言葉を紹介しているが、もちろん、この小説が読者を魅了しているのは、そこに社会的・政治的メッセージが読み取れるからだけではない。

「日本ではこのところ、歴史そのものが修正の主題となってきた。国の戦争責任の問題を持ち出す者は非難を浴び、検閲さえ受けている。記憶が消し去られるというこの小説の嘆きは、確かにそのことに対する密やかな批判と読み取ることもできる。けれども小川洋子は政治的な寓話を書こうとしたわけではない。彼女は言う。〝私はただ、登場人物を描写しているだけです。それらの人物たちが置かれた状況をどう生きているかを描こうとしているだけです〟」

また、クノッフ・ダブルデイ出版グループのシニア・エディター、レキシー・ブルームは、小川洋子の人物造形やディテールを描く技量にすっかり魅了されたという。彼女は小川洋子の長年のファンでもあり、これまでピカドールによってアメリカで出版された作品にも関わってきたが、小川洋子の作家としての力量を評して、次のように語る。

「『メモリー・ポリス』では小川はこうした大きなテーマを追求しているけれども、同時に描こうとしているのは人々の間に生起する微細な瞬間です。そしてそれを効果的に描くのは、とても難しいことなのです」

小川洋子の文学が世界に広く受け容れられるもうひとつの理由は、作品自体がもつ〝普遍的性格〟にもある。小川作品の多くに表れる固有名は抽象的なものが多く、それは登場人物の名前にとどまらず、背景になっている地名にもおよび、場所を特定できるような言葉は極めて少ない。

――私自身、自分のネイティブな文化や環境からある程度距離をとることを好みます。

著者から引き出したこの言葉を裏付けるように、記者は小川の自宅の情景をこう描写する。

「そう語る小川は海を臨む高級住宅街の広々とした二階家に住んでいるが、その家の瓦屋根はスペイン風で、鉄製のバルコニーがあり、部屋にはフランスの花柄タペストリーの布張り椅子が置かれている」

記者は「記憶」とともに小川洋子の文学のもつ別の局面にも注目する。それはいわば〈残虐性に対する人間のキャパシティの問題〉としているもので、英語圏で初めて翻訳刊行された『ダイヴィング・プール』(芥川受賞作「妊娠カレンダー」も収録)や、中年男と逢瀬を重ね、そこでSM的な行為にふける十七歳の少女を描いた『ホテル・アイリス』などの作品を念頭においているると思われる。そして「小川は、彼らを破滅させるために残酷な人物像を描いているのではなく、人を肉体的あるいは感情的な暴力へと導くものは何かを探るために書いている」として、

――人が隠そうとしたり、あるいは誤魔化そうとするものを、文学の世界においては、あるがままに描くことができるし、そうすることが許されるのです。

との小川のコメントを紹介する。

英語圏においては、小川洋子の文学をフェミニズムと結びつけて論ずることがままある。それは作品のなかにしばしば女性たちが被る身体的な虐待や、男たちによってもたらされる暴力のさまをありありと描いていることによるが、著者自身はあらゆるレッテルから自由になることを望んでいるとして、記事は小川自身の次の言葉を紹介して結んでいる。

——私はただ登場人物たちの声を盗み聞きし、彼らの世界をこっそり覗いて、これから彼らがどう動くかをノートにとっているだけです。そうしてそれらの事象から、次の場面に架かる橋をみてとり、そこに動いて行くために登るべき虹を見ているだけなんです。それが私が小説を書くということなのです。

このニューヨーク・タイムズ紙のインタビュー記事がきっかけとなり、本書の冒頭に掲げた「How We Retain the Memory of Japan's Atomic Bombings:Books」の原稿依頼へと結びついたであろうことは想像に難くない。

フランス語圏ジャーナリズムにおける小川文学評価

小川洋子の作品はまず最初にフランスのアクト・シュッドという出版社から翻訳出版され、その後もこの出版社は小川作品を出し続けている。その幸福な関係は本書第3章に紹介した『琥珀のまたたき』の刊行に合わせて各所で行われたトークイベントからもうかがえるが、著者自身を迎えて、フランス語圏のメディアでは当該作を中心に小川洋子の文学をトータルに紹介する記事が続いた。

ベルギーのラ・リーブル・ベルジック紙では、二〇一八年五月七日付の紙面で、ブリュッセルの書店〈パッサ・ポルタ〉で行われたトークイベントを取材した記事を掲載した。タイトルは「小さなものの永遠性 *[L'éternité des petites choses]*」。筆者はマリー・ボーデである。

このイベントで取り上げられた作品『琥珀のまたたき』(仏訳版タイトル *[Instantanes d'Ambre]*)は日本での刊行は二〇一五年だが、小川作品を長年翻訳してきたローズマリー・マキノ゠ファイヨール氏の訳により、三年後の二〇一八年四月にアクト・シュッドから刊行された。

記事ではこの作品の概要に触れつつ、小川洋子の作品全体に目を配ってこう評する。

「小川洋子の研ぎ澄まされた文章は短篇小説で非常に輝いていることはもちろんだが、長編においても同様で、本作ではいままで以上にその魅力が発揮されている。彼女の作品の中では不思議なものと普通のもの、異常と日常が穏やかに同居している。現実の中に奇妙なものが忍びこんでだんだんとその境界があいまいになってくるのだが、それでいて文章は決して模糊とすることがない」

この小説のなかでひときわ注目を集めるのは、〈母親〉の存在である。子どもたちを保護するとともに、柵の中の空間に閉じこめ、管理し、規定しているこの母親について筆者は、「その行為は正確に言えば虐待であり監禁である」としながらも、それでもその母親のことを決して断罪しない作家の態度に注目しつつ、次のような小川の言葉にスポットを当てる。

——私がただひたすら書きたかったのは、自分たちに与えられた厳しい環境にあって、それでも子どもたちが「閉じられた庭」に永遠の世界を見つけていったこと。社会的に見たら「虐待された可哀想な子ども」と一言で切り捨てられるかもしれない彼らの人生が、実は、そうであるからこそ、他の誰も真似のできない豊かさを持っていたのではないか、ということです。

また、この作品のなかでは、自然が子どもたちと社会をつなぐ存在となっていること、小川作品にしばしば登場する動物たちのことに言及しながら、「小説のなかにぽつんと〔動物のように〕言葉を喋らない存在をもってくると、ダイナミックに物語が動き出すのです」という作家の言葉を引いて、小川洋子の文学の特徴を正確に、かつ簡潔に、次のようにまとめる。

「このようなダイナミックさと深い思索との絶妙なバランスをもとにした巧みな描写こそ、小川洋子の小説を成り立たせているものだ。彼女の手にかかると、時間の持つ肌理《きめ》のような、本来知覚できなかったものまで手に取るように感じることができる」

そして、これほど不思議な物語を紡ぎながら、自分のことを「ごくごくつまらない人間」だと謙遜する作家の次のような言葉を引きつつ、記事をまとめる。

――けれども、そういう私が観察者として世界を見たとき、世界の片隅にいて大きな声で喋れない人、奇妙な人、世間からはじき飛ばされてしまったような人々の声に、自然と耳を澄ますようになるんです。そうしてそういう人たちの声なき声をこそ、小説ですくい取っていきたいんです。

「これこそまさに、この小説で小川洋子が達成したことだ。それは彼女の持つポエジーや共感力、チャレンジ精神、そして筆力といった、ほとばしるような才能が存分に活用された結果である」

現地ジャーナリストによるインタビュー記事

ブリュッセルのもう一つの週刊ニュースマガジンであるル・ヴィフ・レクスプレス紙では、イザリーヌ・パリジス氏による著者インタビュー記事を二〇一八年五月二十八日付の紙面に掲載している。

筆者は『琥珀のまたたき』について「読みやすい作品でありながら、美しさと奇妙さが同居している」としながら、まずは本文中から次のフレーズを抽出して、作家・小川洋子の本質に切り込む。

〈たとえ道端で踏みつけにされた、片方の手袋についてだって、礼儀正しく語れる。誰も気づかない物語を朗読できるんだ〉（講談社文庫版 P56‐57）

「知ってか知らずか、作家は誰しも、どこかの時点で、作品の中に自分を書き込んでしまうものだ。最新作の〔仏訳の〕55ページで、ある登場人物の持つ語りの才能が称賛されるのだが、これは小川洋子自身のことを言っているようにも思える。あえて書き留めたり目を留めたりするものが誰もいない、微細な物事――三十年近いキャリアを持つ小川洋子の作品は、常にそういったもので満たされてきた」

そして小川洋子の作家としてのキャリアを次のように紹介する。

「小川洋子（一九六二年、岡山生まれ）の評価が高まったのは一九九七年の『妊娠カレンダー』による。これは中編小説で、日本で権威ある賞とされる芥川賞を受賞した。この作品では、ある女性が妊娠した姉の体に生じる微細な変化を冷静に（倒錯的に？）書きとめていく。語り手は姉に食べさせるために、皮が汚染されているかもしれないグレープフルーツでジャムをつくる。語り手の混濁した想像力の中で、姉が妊娠している「生物」とその皮が溶け合ってゆく……この作品を皮切りに、小川洋子はほとんど中毒と言っていいほどに作品を書き続ける（年に一作近いペースだ）。そしてそれはすべてフランスのアクト・シュッドから翻訳が出されている（このように出版社が一貫しているのは日本にはほとんどないことだ。日本では出版社が頻繁に変わるのは普通のことだし、新作を出すたびに変わったとしても驚くようなことではない）」

記事は作品の梗概をまとめつつ、この作品の特徴から小川洋子の文学全般について、作家本人の言葉を引き出しながら迫っていく。とりわけ「精神に失調をきたした母親によって監禁される子どもたち」という梗概からすれば、一見して息苦しい印象を与えがちなこの物語が、小川の筆によって、詩情に満ち、喜びと驚きに溢れたものになっていることに注目する。

また、ラ・リーブル・ベルジック紙でも取りあげていた母親の虐待については、それを逆に子どもたちの〈レジリエンス（耐性・適応力）〉の問題としてポジティブに捉え、彼らの特異な創造力とそれを描く作家の力量に言及する。

「とくに庭を描くとき、小川洋子のふしぎな筆致は冴え渡っている。調和から違和感へ、美しさから奇妙さへ、ポエジーから残酷さへ――この日本の作家は、そういった境界をそっと乗り越えてしまう。これはきっと、ものごとの、あるいは浮世の儚さとでもいうものを包み込むように丁寧に捉えるのに長けた日本文化のあらわれなのだろう」

そして作家の次の言葉を置いて、日本文化と小川洋子の文学とのつながりについての考察に至る。

――消滅そのものよりも、むしろそこにある喪失感について書くことのほうが多いですね。書くことで、昔そこにいた人の人生を見出したいんです。この三十年ずっとやってきたのは、亡くなった人のために語るということです。ある意味、私が書いたものはすべて、いまはもうなくなってしまった物事に捧げられています。

喪失感、そして儚い存在に対する作家の独特な感性に加えて、筆者は日本文化に潜む〈モノ〉に抱く特別な観念からの影響を指摘する。

「神道信仰を通じて、日本人はなんにでも魂が宿るというアニミズム的な信仰を育んできた。ものに宿る魂も生命をもたらす力で、人間の魂に似たものと捉えられる。『沈黙博物館』を書いた小川洋子もまた、生物と非生物との関係を撹乱するような作品を多く書いてきた（今回の新作でも、三人の子どもたちは石の名前に同化していき、ついにはその意志の概念を「受肉」するかのようになっていく）。刺繍の入ったハンカチ、秘密の箱、紙飛行機――小川洋子は、物体の放つ秘密のメッセージを捉えることができるようだ」

加えて、筆者は小川洋子の作品に見られる特徴として、現実から非現実（あるいは超自然）的な世界へのなめらかな移行を上げる。「彼女の静かな筆致にかかると、どこかおかしな物事さえも（あるいはそういったものこそ）ふつうで調和の取れたもののように見える」

その指摘によって、筆者はいわゆる〈ファンタジー的世界〉と小川洋子の作品世界を分かつ、作家の重要な発言を引き出している。

――実は、そもそも、私はできる限りリアリストでいようとしているんです。それが私の使命だとすら思っています。でも、描写を現実的にしようとすると、あらゆる細部に敏感にならないといけない。そしてできるかぎり客観的に現実を描き出そうとすると、それ以上できない、説明できないというところに到達してしまうんです。かすかな変化が生ずるのはそういうときです。境界をこえるというか。でもそのことには後にならないと気づきません。書くことではじめて越えられるんです。あまり論理的だと文学として面白くないと思います。言葉の持つ働き、文法とか知的なしかけとかを利用するのは、理性の向う側にあるものを呼び寄せるためなんです。

最後に筆者は、作品を越えて作家と交わした言葉、共有した時間を振り返る。

「その日の午後、『揚羽蝶が壊れる時』『沈黙博物館』『薬指の標本』などの作品でも知られる小川洋子は、パスカル・キニャールや、スタンダールの『赤と黒』を愛読していることなど、フランス文化への愛着も語ってくれた。彼女の仕事机にはいつも何冊かの大事な本が置いてあり、原稿に手を入れるかたわらページをめくるのだという」

そしてそれら特別な本のなかの一冊について、作家の言葉を紹介しつつ、記事は小川文学を世界文学へと繋げる架け橋を示唆して終わる。

――ダニロ・キシュ（ユーゴスラビアの作家）の『若き日の哀しみ』という作品があって、その中のあるシーンが私にとっては文学の中でもっとも美しく、もっとも悲しいものなんです。戦争中、ユダヤ人の男の子が野原に迷い込む。そこで電線が風に吹かれるのを眺めていると、それがハープのように見えてくる。彼はこう思います。「もしいつか僕の犬が死んだら、ぼくもきっと一緒に死んでしまうだろう」と。この本は本当によく手に取ります。そうすると、私は「この子を守れるようでなくてはいけない」と思うんです。か弱い子どもたちにはとても共感します。その気持は私が書こうと思った最初のきっかけでもあり、書き続けている理由でもあります。守ることというのは、とても文学的なおこないだと思います。

海外で出版された小川洋子の作品たち

Works of Yoko Ogawa translated and published in foreign countries

（上）フランス　Actes Sud（アクト・シュッド）刊行の小川洋子作品群。

小川洋子作品の海外出版は、南仏アルルの出版社 Actes Sud が刊行した仏語版『ダイヴィング・プール』（La Piscine）（1995 年）に始まる。これまで同社が刊行した作品は 25 作を超え、ポケット版、オムニバス版にまで広がっている。2005 年には、『薬指の標本』がフランス映画にもなった。翻訳は、主に Rose-Marie Makino-Fayolle（ローズマリー・マキノ＝ファイヨール）が手がけている。海外で出版された小川作品は 37 作品以上、27 言語以上に及ぶが（2019 年末時点）、最初の一歩、そして今に至るまで、アクト・シュッドの伴走が続いている。

（下）フランス　Actes Sud 刊行のオムニバスⅠ集、Ⅱ集と短篇小説セットボックス

８作家の８作品が１冊ずつ収録されたセットボックス。小川の敬愛するポール・オースターと同じボックスに収められた。

THE MEMORY POLICE

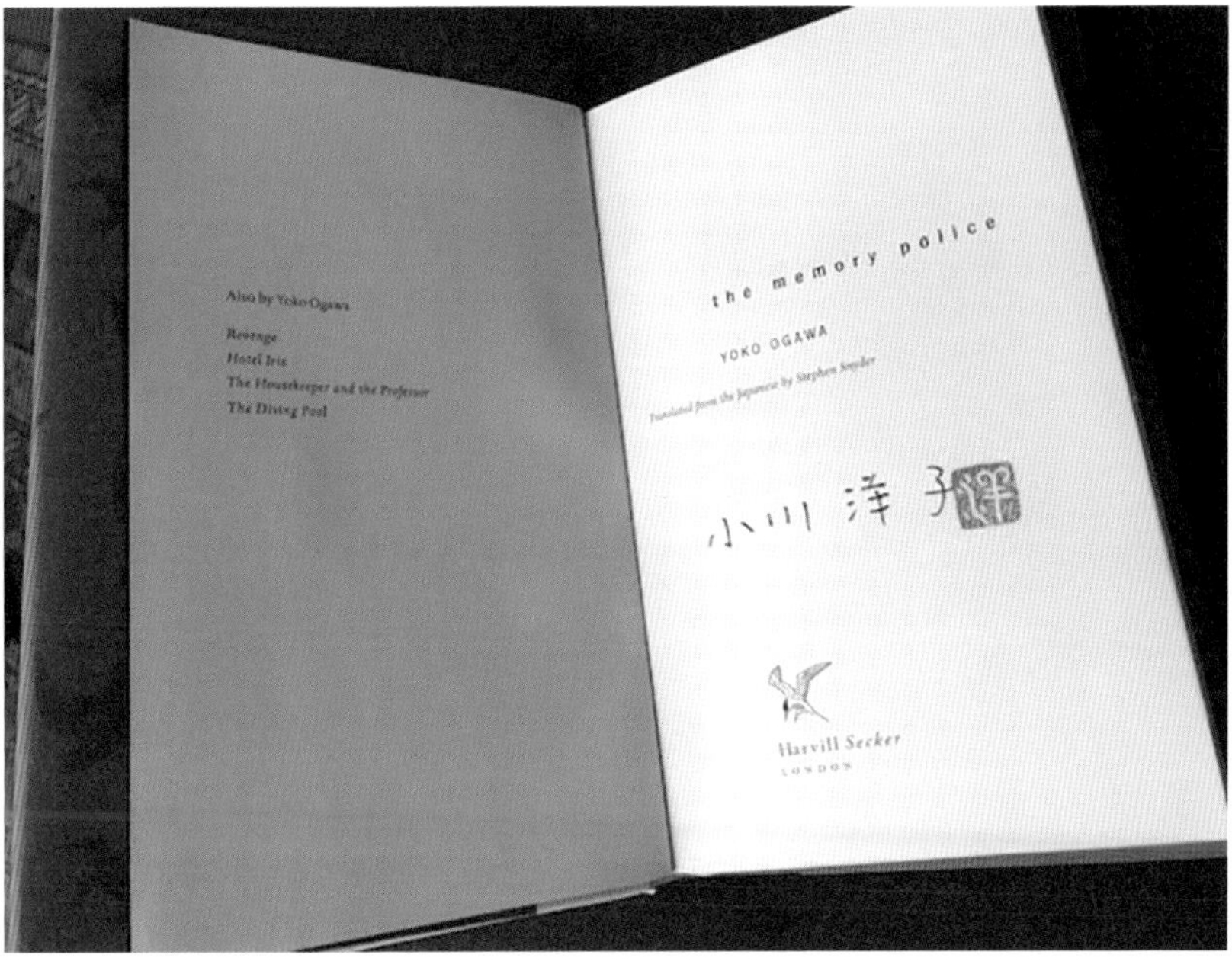

（右頁）『密やかな結晶』英語版（イギリス）特装版
部数限定で刊行された特装版。小川洋子のサインと落款入り（上）。
赤いジャケットを外すと、ツバメたちが飛び交う表紙に変わる（左）。

アメリカで刊行された英語版　Picador/St. Martin's Press（ピカドール／セントマーティンズ・プレス）左から『ダイヴィング・プール』(ダイヴィング・プール、妊娠カレンダー、ドミトリイの３篇を収録)、『博士の愛した数式』、『ホテル・アイリス』、『寡黙な死骸 みだらな弔い』。英語版は主に Stephen Snyder（スティーヴン・スナイダー）が翻訳を続けている。

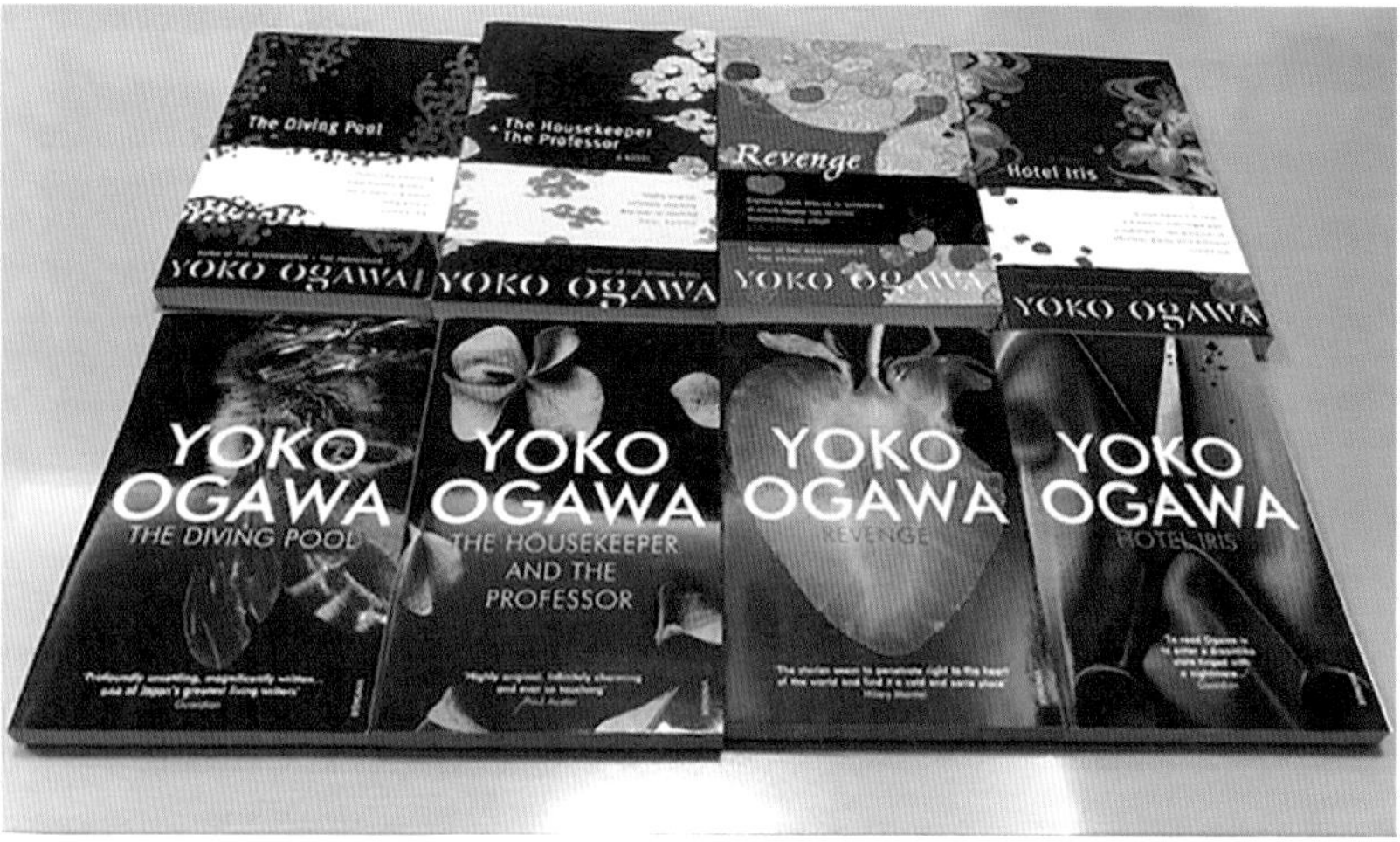

イギリスで刊行された英語版　Harvill Secker（ハーヴィル・セッカー）の Trade Paperback 版（上段）で刊行され、人気が定着したところで、Vintage Books（ヴィンテージ・ブックス）から Paperback 版が刊行された。(いずれもランダムハウス・グループ) 小川の作品群を印象づける装丁。

(上)『密やかな結晶』The Memory Police 英語版
アメリカの Pantheon Books(パンセオン・ブックス)版**(上左)**
イギリスの Harvill Secker(ハーヴィル・セッカー)版**(上右)**
(いずれもランダムハウス・グループ)
アメリカでは 2019 年全米図書賞(翻訳文学部門)の最終候補作となり、イギリスでは 2020 年ブッカー国際賞の最終候補作となった。
ちなみに、小川作品は『ホテル・アイリス』英語版(翻訳 Stephen Snyder)が第 4 回 Man Asian Literary Prize 2010 の最終候補にもなっている。この賞は英語で書かれたか、もしくは英語に翻訳されたアジア人作家の作品に贈られる文学賞。

(上)『THE NEW YORKER』他、文芸誌への掲載
小川作品の英語圏での出版は、2004年文芸誌『THE NEW YORKER』に「夕暮れの給食室と雨のプール」(翻訳 Stephen Snyder)が掲載され、2005年に再度『THE NEW YORKER』に「妊娠カレンダー」が掲載されたのち、書籍刊行が始まる。『The Diving Pool』(妊娠カレンダー/ドミトリイ/ダイヴィング・プール、以上3作品収録)、『ホテル・アイリス』『博士の愛した数式』『寡黙な死骸 みだらな弔い』、『密やかな結晶』と、これまで5つの単行本が刊行されている。

(左頁上)『博士の愛した数式』各国版(その1)
『博士の愛した数式』は、数々の言語・国(地域)で刊行された。今も新しい出版申込が続く。そのうちいくつかを紹介すると、上段左から、台湾版(第一版)、台湾版(第三版)、台湾版(第二版)、中国版(第一版)、中国版(第二版)、中国版(第三版)、韓国版(第二版)、韓国版(第一版)、タイ版(第二版)、タイ版(第一版)、インドネシア版、ベトナム版、マレーシア版
(左頁下)『博士の愛した数式』各国版(その2)
上段左から、フランス版、イギリス版、アメリカ版、リトアニア版、ギリシャ版、ブルガリア版、ブラジル版、ベトナム版(その1と重複)、ポーランド版、イタリア版、スペイン版、スペイン特装版、ポルトガル版、ドイツ版、スウェーデン版、フィンランド版。

博士熱愛的算式
博士的愛情算式
박사가 사랑한 수식
The Housekeeper & the Professor
YOKO OGAWA
GIÁO SƯ VÀ CÔNG THỨC TOÁN
RUMUS DI HATINYA

YOKO OGAWA
GIÁO SƯ VÀ CÔNG THỨC TOÁN
16ª EDICIÓN
A Magia dos Números Yoko Ogawa
Yoko Ogawa
Das Geheimnis der Eulerschen Formel
YOKO OGAWA
En gåtfull vänskap
Yoko Ogawa

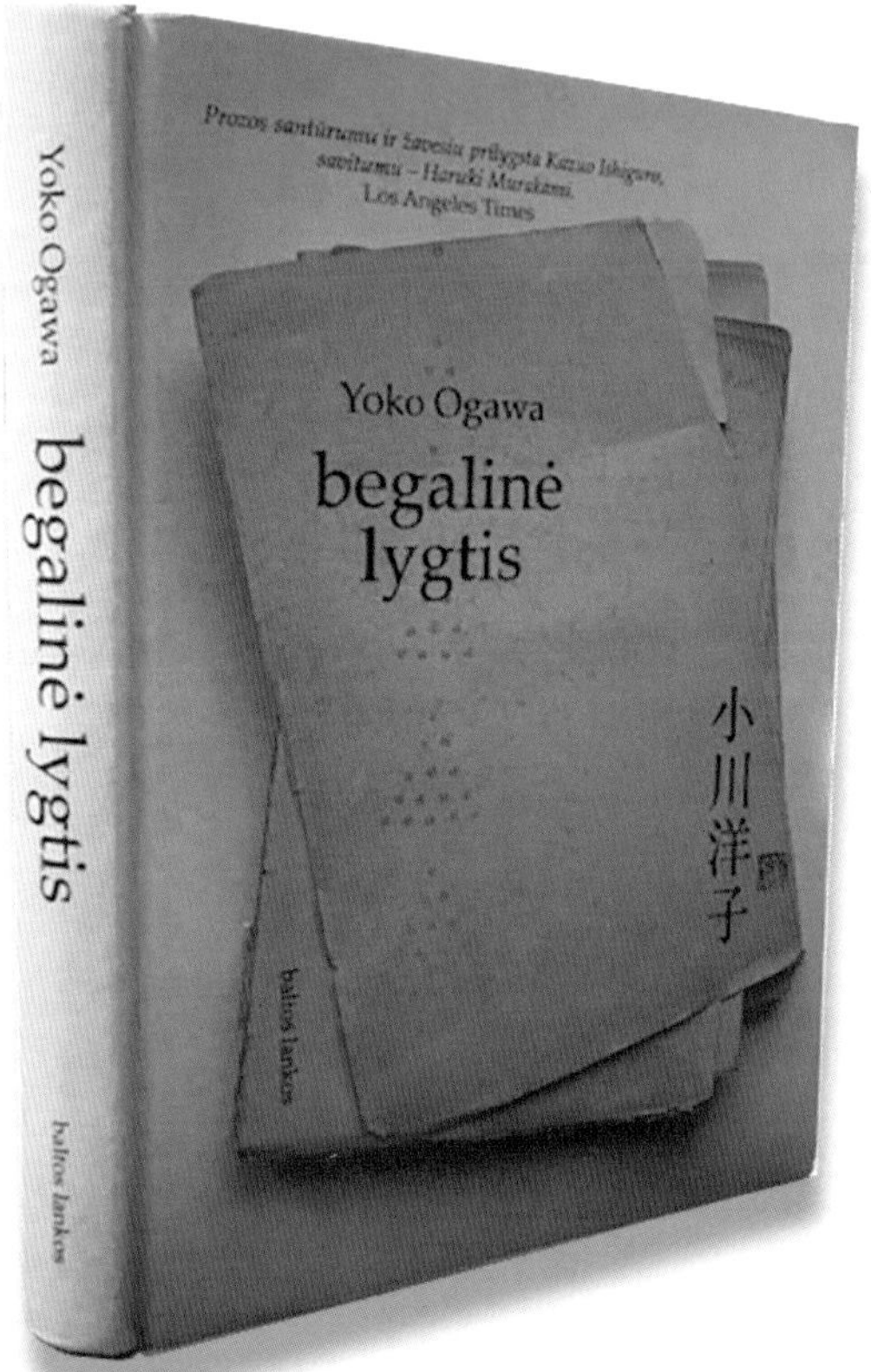

（上）『博士の愛した数式』リトアニア版
小川作品はリトアニアでも人気。電子書籍、オーディオブック化も。

第３章　フランス語圏の小川洋子

Chapter 3　Yoko Ogawa in Francophonie

◎ 2018年春、『琥珀のまたたき』のフランス語版が刊行されたのを機に行われた以下の3つのイベントの記録を収めた。

○ブリュッセル：4月3日、書店〈Passa Porta〉にて
　　質問者＝ヴァネッサ・エルゼ
　　通　訳＝後藤加奈子
○パリ：4月6日、〈La Maison de la Poesie〉にて
　　質問者＝クリスチャン・ソレル
　　通　訳＝ソフィー・ルフレ
○トゥルーズ：4月4日、書店〈Ombres Blanches〉にて
　　質問者＝クリスチャン・ソレル
　　通　訳＝ソフィー・ルフレ

（翻訳協力：加藤広和）

ブリュッセル（パッサ・ポルタ）

Ville de Bruxelles *[en Passa Porta]*

主催者の言葉（男性）――みなさん、今日は大勢の方にお越しいただき誠にありがとうございます。ですがそれも当然といえば当然で、今日のパッサ・ポルタ（Passa Porta［ブリュッセルでイベントを開催した本屋］）のイベントは開店以来最高といってよいものでしょう。というのも今日は、現在この地球にいる作家の中でももっとも優れたといってよい作家、小川洋子さんをお迎えしているからです。（拍手）

小川さんの作品はアクト・シュッドという出版社から出ています。この会社はみなさんご存じの通りベルギーの作家が創業し、のちにフランスの文化大臣になる人が引き継ぐ出版社（創業者はベルギー生まれの作家ユベール・ニッセン［Hubert Nyssen］。娘のフランソワーズ・ニッセン［Françoise Nyssen］も作家で出版社の経営にも参画。二〇一七年、マクロン政権下、エドゥアール・フィリップ内閣の文化大臣に任命される（九〇年代にフランス国籍を取得））で、世界中のさまざまな影響力のある作家を見出しており、小川さんもまさにその綺羅星のごとき面々のお一人というわけです。

小川さんの作品の魅力といえばファンタジー的な純然たるポエジーや心理描写に加えて、私たちの心のなかにある、小川さんが表現するまで気づかなかった側面を描き出してくれるところでしょう。この催しで（先日出た）非常に丁寧な翻訳書を題材にそのようなことをお話しいただきたいと思います。よろしくお願いします。

ヴァネッサ・エルゼ――みなさん本日はパッサ・ポルタでのこのイベントにお越しいただきありがとうございます。小川さんはベルギーにいらっしゃるのは今回が初めてとのことですが、今日は最近出版された小説についてお話しいただきます。

さて、このイベントを始めるにあたって何人かの方にお礼を述べておきたいと思います。まずは後藤加奈子さんにお礼申し上げます。本日通訳を務めていただく後藤さんはリエージュ大学で日本語や日本の文学・文化を教えていらっしゃいます。また、出版社のアクト・シュッド、とくに小川さんの担当編集者の方（そちらにいらっしゃいます）にもさまざまなご協力をいただきました。

アクト・シュッドと小川さんとの関係はかなり深く、一九九五年の『ダイヴィング・プール』の翻訳に始まり、以降も多くの作品が翻訳されています。最初はいくつかの短篇小説、みなさんもご存じだとは思いますが、「海」や「完璧な病室」「妊娠カレンダー」「ドミトリイ」「薬指の標本」などです。それから長編、たとえば『博士の愛した数式』『ミーナの行進』『猫を抱いて象と泳ぐ』『ことり』、そして最近では『刺繍する少女』などが続きます。これらの作品は最新作である『琥珀のまたたき』同様、ローズマリー・マキノ＝ファイヨールさんが日本語から訳しています。訳者の方は残念ながら今日はこちらにいらっしゃることができませんでしたが、ご訳業に敬意を表したいと思います。

さて、本日は小川さんに最新作『琥珀のまたたき』についてお話しいただきます。この翻訳はほんとうに発売したばかりで、アクト・シュッドからできたてほやほやのが届いたところといった感じですが、日本では二〇一五年に出版されています。（以後、あらすじ紹介）

――（ここから、後藤加奈子さんによる通訳）小川さんのこの新しい作品のなかには、今までの作品に出てきたいろんなエッセンスが詰まっている、とヴァネッサさんは言っています。たとえば、とても静かだけれど甘美な、ある種の狂気のようなもの。あるいは文体の独特さによって「ああ、これは小川さんの世界だなあ」と思い起こせるような作品だと思います。

この話を書こうと思ったきっかけは何ですか？　どこからこのアイディアが出てきたんでしょうか。

それは……一問目としては難題ですね。今となってはどうしてこの小説を自分が書いたか、もうわからないくらい私の手から遠く旅立っていった感があります。ただ私の最初のイメージでは、閉じられた非常に狭い空間のなかに永遠を見つける。理不尽な状況に置かれた子どもたちが、自分たちの力で閉ざされた苦境のなかに幻の楽園を見出す……そういうイメージがありました。

――場所についての質問です。小川さんの作品にはいつも特殊な場所が登場します。たとえばすごくボロボロな建物であったり、病院であったり、気をつけなければ通り過ぎてしまいそうな場所であったり。そして今回の作品のなかにももちろん特殊な場所が登場します。ヴァネッサさんは、この小説で選ばれているのは圧倒的に閉じられた空間だと指摘しています。それにも二種類あって、まず一つ目はアンバー氏が住んでいる施設、そして二つ目はアンバー氏がずっと生き続けている過去の世界です。その「閉じられた空間」というところに注目したいと思うのですが、これは小川さんにとってどういう意味を持つんでしょうか。舞台装置としての「閉じられた空間」。もしかしてこれは、「それが人間の存在の条件である」という小川さん自身の眼差しでもあるのでしょうか。

あえて理屈をいえば、人間はどんなに自由に生きようと思っても、自分の寿命という囲いの中でしか生きられない、という宿命を背負っている、そういう人間を描くのが小説であるとするならば、その人が自由にどこにでも行けるという方向じゃなくて、その人がどういう形で制限を受けているか、ままならない状況のなかにいるか、その人を取り囲んでいる輪郭をまず思い浮かべる。そこから小説の書ける状況が整う。それは作家のタイプとしてそうだと思うんです。まず輪郭を定め、その内側に焦点を絞り込んでゆくと、思いがけない奥行きが開ける。不自由と自由という矛盾がある瞬間逆転する。そこを目指して書いています。今回の小説の場合、何重もの制限が重なり合っています。芸術家の家、母親に閉じこめられた家、図鑑、まばたきという瞬間……。

それらが絡み合ってより複雑な、特殊な舞台が整った、と思います。

——いま、小川さんは〝制限〟のなかで生きていく人間を描いていきたい、とおっしゃいました。この小説のなかでの〝制限〟とは何かを考えたとき、いちばん最初に出てくるのはお母さんですね。子どもたちはお母さんの決めた世界のなかで生きている。母親の強いた〝制限〟というのは、傍らから見ると非常に恐ろしいものですね。少々硬い言葉でいえば、「児童虐待」にあたるのでしょうが、小川さんの作品を読んでいると、不思議とそういう恐ろしさがほとんど感じられない。子どもたちの視線から語られる母親は、あくまで優しく、安心させてくれる存在です。これは一読者としての感想ですけれども、この作品のなかを流れている空気は、「甘美な虐待」というアンビバレンツなものを孕んでいるように思えるんです。言い換えれば、〝優しさ〟をもって人を操る人間を描いている、とも言えます。けれどもそれ以上に強く感じるのは、小川さんはこの母親の一連の行動に、決して裁きを与えていないということです。一切のジャッジメントがない。そこがたいへん素晴らしいと思います。

この小説は、子どもたちを別荘に閉じ込めて、外に出さないという虐待なんですけれど、そういう母親の罪を告発するために書いたのではないことが大前提なんです。作家にはそれをジャッジする権利がない。私がただひたすら書きたかったのは、自分に与えられた環境のなかで、それでも子どもたちが閉じられた庭のなかに永遠の世界を見つけていく、社会的にみたら虐待された可哀想な子どもという一言で切り捨てられる彼らの人生が、実はいかに他の誰も真似のできない豊かさを持っていたか、ということを描きたかった。ですからまったくジャッジとは逆の方向から、この幼児虐待を描いたと思います。

——閉じ込められているという状況のなかでもうひとつ素晴らしいことは、兄弟の間にすごく強い絆が生まれたということですね。それが言いたかったんです。

これから、名前を新しく決めなければならないという部分を読んでいこうと思います。最初は日本語で、その後、該当するフランス語で朗読していただきます。

つまり、世界から隔離された場所に閉じこもるときに、生まれたときの名前を捨てて、お父さんが残した図鑑を開いてたまたま指さした項目を新しい自分たちの名前にする、そうしようとお母さんが言うんですね。そして三人の子どもたちが順番に図鑑を開きます。

（小川　朗読）

「自分の番になって……（講談社文庫版Ｐ 11〜）」

（フランス語　朗読）

ひとつ説明させていただくと、三人兄弟で、お姉さんは「オパール」、弟は「瑪瑙」と鉱物なんです。ところが真ん中の男の子だけが「琥珀」。これは化石なんですね。項目が違う。そういうふうにした理由は、まだ始まって数ページの場面なんですけれども、そんなに深く考えていたわけじゃないんです。しかし真ん中の男の子だけ鉱物じゃなくて化石だったということが、後々非常に大事なポイントになってきます。彼だけが、最後までお母さんに付き従うことになる。外の世界に出ていかなかった。ですからこの名前をつけた時点で小説の先が見えてきたという感じですね。

――この小説のタイトルを、日本語で発音していただけますか。

「琥珀のまたたき」

――このタイトルですが、なぜ「またたき」だったのでしょう。

「またたき」というのは、「まばたき」ですね。琥珀と名付けられた少年は、父が残した図鑑の片隅にパラパラ漫画を描きます。何千枚というパラパラ漫画を描くんですけれど、それは実はもうひとりいちばん下に女の子のきょうだいがいたんですけれど、その子が病気で亡くなるんです。その子を甦らせるために、お父さんの残した図鑑の片隅に死んだ妹の絵を何枚も描いて、その一瞬だけ妹が生きて動いているという瞬間の喜びを味わう。死者を永遠に図鑑のなかに閉じ込める。化石のように。そういうイメージから「琥珀のまたたき」というタイトルにしました。

――モチーフについてです。小川さんの作品ではよく自然とか動物がモチーフになっています。

この作品の中では特に動物がとても大事な役割を果たしていますが、そのなかでも、よいことをもたらす動物と悪いことをもたらす動物がいるように思います。小川さんにとって動物が意味するものは何でしょうか。

私がいつも小説のなかで動物を取り上げるのは、やはり彼らが言葉をもっていないということですね。たいてい人間同士、まあ家族でもなんでも、うまくいかなくなる原因は、言わなくてもいいことを言ってしまったっていう場合が多いと思うんですけれど、とにかく言葉で相手をわからせよう、自分をわかってもらおうとする。しかし言葉を戦わせていると、ほんとうに伝えたい最も本質的なことは伝わらない。その点、賢明な動物は進化の途中で潔く言葉を喋らない方向を選んだ。本当に大事なことは言葉にできないんだということを知っていたのは動物の方じゃないかなといつも思うんです。ですから小説のなかにポツンと言葉を喋らない存在を持ってくると、ダイナミックにお話が動き出します。で、この新作のなかでも、閉じ込められて、毎日同じ生活をくりかえしているように見える彼らの生活に新風を吹き込むのは動物ですね。

——よいものをもたらす動物と悪いものをもたらす動物ということに関してはどうでしょう。

悪いものを運んでくる動物というのは、「魔犬」と名付けられています。それは実在の動物じゃなくて、お母さんが子どもたちを怖がらせるために作り出した架空の生き物なんですね。そこが違いだと思います。

――動物のことを話したあとですが、子どもたちも実は非常に動物的になっていく。たとえばすごく小さな声でしか話さない。ほとんど呟きのような声なので、普段の生活をしている人からすると聞き取れないくらいです。また、子どもたちの間の会話と沈黙が交互に出てきて非常に効果的だと思われるのですが、〝声〟についてはいかがでしょう。

私は小説のなかで登場人物たちが会話したり議論したりするのを書くのが苦手なんですね。ですからできるだけ彼らが言葉を交わさないで描写できる方法はないかと考えるんです。本作で子どもたちは外の世界に気づかれることを恐れ、聴き取れないほどの小さな声でしか喋りません。やがてそれは言葉というより、小鳥のさえずりや音楽に近いものになってゆきます。私はこんなにたくさんの言葉を費やして小説を書いていながら、どこかで言葉はパーフェクトではない、言葉はごまかすためのものだと疑いを持っているんだと思います。

――言葉がパーフェクトではないということはまったく同感です。言葉は使えば使うほど嘘っぽくなってしまうというのが人間の宿命かもしれません。けれどもこの作品に描かれている子どもたちの嘘は、必ずしも悪意から生まれてきたものではないという点も大事ですね。
それともうひとつの重要な点は、人間が言葉を手にしたとき、その言葉をどう使ってきたのかというと、特に西洋では、虐げられたとき、あるいは困難があったときに声をあげるんです。声をあげて「私はここにいるんだ」ということを人に示して、それを突破口にするんですね。

つまり、問題を乗り越えるために話す。ところがこの小説に出てくる子どもたちは大変な生を生きながらも、彼らにとっての突破口は「言葉」ではないんですね。では何なのか。何を力として彼らは生き続け、さらにいい世界を作っていこうとしているのでしょうか。

そうですね。彼らは閉じられたあの庭のなかで、母親が押し付けた殻を破るという意味で突破口を見出したのは、論理的な言葉じゃない。理屈を超越した何かですね。つまりオパールが話してくれるまったく出鱈目な物語だとか、あるいは穴を掘っていろいろなものを掘り出して、それを死体の形にして埋めたりとか、それになんの意味があるのか、という理屈では説明できないこと。あるいはパラパラ漫画にしたって、なんのためにそんなことをするんだ、そんなことをしたって妹が生き返るわけじゃない。彼らはある意味、閉じ込められていたけれども、だからこそ理屈からは自由だったというふうに思います。理屈に縛られない想像力の発揮が彼らの突破口ですね。

――今の話から直接出てくる問いですけれども、じゃあ、お話を書くって、なんの役に立つんですか？

そうなんですよね。役に立たないことをするのが人間ですね。人間である証拠。人類の歴史上、なんでこんなにたくさん物語を書く必要があるのか、謎ですね。もういい加減書くことなどなくなるんじゃないかと思うんですけれど、延々と描き続けている。ですから私はいつもみんながあっと驚くような真新しいものを書こうという気持は全然ないんです。自分が考えつくことぐらいきっと誰かが遠い昔にすでに書いているだろうと思うんです。でも、だから書きたくなくなるということはなくて、人類が延々繰り返してきた大きな川の流れの自分も一滴だなと思えることが幸福です。別に目的にとらわれる必要はない。何の役に立つか、言葉では説明できないからこそ、その意義は奥深いのではないでしょうか。

――そう考えていくと、長く存在しているけれどいまは眼前にないものを掘り起こして、そしてまた営んでいくという意味では、《本》というのも琥珀みたいなものですね。

琥珀や鉱物のように長い年月に耐え得る小説を書きたいですね。

――なぜ書きたいと思ったんですか。いままで書いたものを全部ひっくるめて。

そうですね。謎ですね。でもまあ、ひとつ言えるのは、読んだからなんですね。小さい頃からずっと本を読んできた。逆に言えば読まなければ書かなかったと思うんです。読んで言葉で作られた世界のなかにすごく偉大な喜びがあることを知ってしまったために、自分もそういうものを書いてみたいという欲望に突き動かされた。ですから読むことと書くことが私の中ではもう境界線がない状態ですね。

〔会場から〕

A（女性）――小川さんにとって目標となるような作家、その作品をどうしても手にとってしまうとか、小川さんの創作意欲の原動力となっているような作家はいますか？

私がいちばん好きな作家は川端康成です。人間のもっている、本当は隠したい嫌らしさを書いて、それを美と醜の極地の域にまで到達させた作家で、繰り返し読んでいます。でも他にもいっぱい、仕事の机の周りに、手の届く範囲に常に置いてある本があって、書いている途中に疲れると開いています。そういう一生涯読み返す本というのに十冊くらい出会いました。V・E・フランクル、プリーモ・レーヴィ、ポール・オースター、ボリス・ヴィアン、谷崎潤一郎、リチャード・ブローティガン、パトリック・モディアノ、パスカル・キニャール、ジョン・スタインベック等々です。

A――川端の中でいちばん好きな作品は？

『眠れる美女』ですね。老人が昏々と眠る美女のそばで添い寝するという話です。濃密に死の香りがするエロスが立ちこめています。

B（男性）――小川さんの作品のなかではいつも、ちょっと特異なもの、ちょっと違ったもの、異質なものが多いと思うのですが、それは小川さんの世界観というか、世界がそういうふうに見えているんでしょうか。それとも純粋にエクリチュールの中で生まれたものなんでしょうか。

私自身は平凡な、ごくごくつまらない人間なんですけれど、そういう私が観察者として世界を見たときに、特異なもの、異質なものに敏感に反応してしまうんですね。世界の片隅にいて大きな声で喋れない人々、世界の周辺にいる人々。つまり弾き飛ばされちゃった人ですね。そういう人たちの声なき声を小説で受け止めたいな、と思っていると、自然に日常生活の裏に潜む、矛盾に満ちた奇妙な世界をあぶり出すことになるのだと思います。ですから、私の作品のモチーフは、小説のためにこしらえたのではなく、世界をありのままに見ようとして自然に出会った、と言えるでしょう。

C（女性）　――これは質問というよりも付け加えたいことなのですが、いまの小川さんがおっしゃった「声の小さき者たち」という言葉で、「ダイヴィング・プール」のことを強く思い出しました。あそこに出てくる孤児院も〈忘れ去られた小さき者たち〉のひとつですね。そういう意味で〈閉じ込められている、小さくて繊細で、壊れやすい人たち〉に対する小川さんの優しい眼差しを感じました。

昔の作品を読んでくださって、ありがとうございます。声の小さき者たちに耳をすませる、という姿勢は、デビュー以来、ずっと変わっていないのかもしれません。

D（男性）――小川さんの作品にはよく子どもたちが登場します。そこで個人的なことをお伺いしたいのですが、小川さんにはお子さんはいらっしゃいますか。もしいらっしゃるのならば、子育てのなかでどういうところが一番印象に残っていますか。

私はひとり男の子を育てたんですけれど、子どもというのは、動物の話をした時に言いましたけれども、大人が到底及ばないような感受性をもっていながら、言葉がまだ未熟なので自分のことを説明できない。そういう意味で動物に近い。ですから言葉の未熟さは声が小さいということと一緒で、私の創作意欲を掻き立てますね。彼らの声にならない声を、私の本という形の宝石箱のなかに閉じ込めておいてあげないと取り返しがつかなくなるというような気持になります。

E（男性）――小川さんは本当に素晴らしいと思います。なぜかというと、三島由紀夫とか谷崎潤一郎など、とても著名な日本の作家はいます。けれども海外の読者は、どうしても彼らのキャリアの終盤から、あるいは歿後に読み始めることが多いのですが、小川さんの作品はほぼ同時進行で翻訳され読むことができる。日本の読者と海外の読者とが一緒に走っている。成長を見届けることができるんです。そういう意味でも素晴らしいと思います。

大変に光栄なお言葉ありがとうございます。これからも一層、懸命に小説を書き続けていかなければ、との思いを、改めて強く持ちました。

（拍手）

パリ（ラ・メゾン・ド・ラ・ポエジー）

Paris [en La Maison de la Poesie]

クリスチャン・ソレル——こんばんは、本日はメゾン・ド・ラ・ポエジーにようこそお越しくださいました。今日は小川洋子さんをお迎えしています。よろしくお願いします。小川さんは新作『琥珀のまたたき』のフランス語版の刊行に合わせて、何日かフランスに滞在しておられます。この翻訳書はアクト・シュッドという出版社から出ていて、今日もいくつかの箇所をステレン・ギリエク［Sterenn Guirriec］さんの朗読でお聞きいただく予定でおります。通訳はソフィー・ルフレ［Sophie Refle］さんです。

さて、小川洋子さんは一九八八年に「揚羽蝶が壊れる時」でデビューして以来三十を越す作品を発表していて、フランス語の翻訳も長編や短篇集など数多くあります。翻訳で読める作品には代表的なものとして「ダイヴィング・プール」「薬指の標本」『ホテル・アイリス』『沈黙博物館』『まぶた』「海」などがあります。また、アクト・シュッドでは二巻本の作品集も予定されています。
今回の新作『琥珀のまたたき』はほかの作品同様ローズマリー・マキノ＝ファイヨールさんが翻訳されていますが、ストーリーはほとんどファンタジー的ともいえるような、変わったお話です。（以後、あらすじ紹介）
この本の着想についてですが、小川さんが十三歳のときに出会い、愛読書となったという『アンネの日記』の影響を受けていますか？　たしか『沈黙博物館』にも、登場人物の愛読書として出てきたと思いますが。

私のものを書き始める原点は『アンネの日記』にあります。理不尽な理由で閉じ込められていても、子どもは自分が本来持っている力によって成長するという、その力の驚異、素晴らしさ、そういうものを、今回は非常にわかりやすい形で、『アンネの日記』と直結した形式で書いたということです。

――この小説は「言葉の力」についての小説のように思えます。ここでは言葉は脱出のための道であると同時に、恐れを呼び起こすものでもありますね。たとえば母親が語る「魔犬」のような言葉は、子どもたちを怯えさせ、その恐れはずっと続いています。

子どもたちは「魔犬」という言葉に象徴される、母親の語るフィクションの言葉によって閉じ込められ縛られます。そして、子どもたちは彼らが持っている言葉の力によって、たとえばオパールが話してくれるお伽噺によって束の間の自由を感じることができる。あるいは庭の自然と無言の会話を交わすことで、閉じ込められていても広い世界にいるかのような自由を味わう。それは重要なこの小説のテーマになっています。

（フランス語による朗読）

——今お聴きいただいたのは小説の冒頭部分で、語り手であるおばあさんの言葉です。彼女はピアノが上手ですが、ストーリーにはあまりかかわらない脇役的な女性です。語り手をこのような人にしたのはなぜでしょうか。そこには作家という立場が投影されているのでしょうか。

いま朗読に出てきた「私」は、特異な人生を生きた「琥珀」アンバー氏という男性の語る言葉を聞く、受け止める役ですね。彼女自身が「私が何かをした」ということを語るんじゃなくて、彼女は聞き役で、作家はその語り手の「琥珀」と聞き手の「私」のさらにもう一歩離れたところから彼らの会話をそっと聞かせてもらっている。という関係です。

実はいちばん最初はアンバー氏が「私は」と言って自分の人生を語る形で二、三ページ書いたのですが、どうしてもうまくいかない。それはなぜかというと、アンバー氏自身はすごく小さな声でしか喋らない、あるいは言葉よりも深い沈黙を抱えている。その人を語り手にすることはできないな、ということに途中で気づいて、こういう形になりました。

――たしかに、語り手の役割は聞くことにあるというのはその通りですが、本作ではアンバー氏は閉じ込められていた間にほとんど声を失ってしまっています。これは他の多くの小川作品に共通する点だと思うのですが、作家の役割が声を持たない人に新しい声を与える、あるいはほとんど目に見えないような人にイメージを与えるところにあるように思えます。

とても鋭い読み方をしていただいて、感謝します。自分で自分を主張する言葉を持っていない人、それを与えられなかった人、そういう人の声にならない声を言葉にできるのが作家の特権だと思います。だから私は書いているといってもいいと思います。そういう人のために。

――「観察する」ということがこの作品だけでなく多くの作品の中で重要な役割を持っていますね。小川さんの作品には目のモチーフが非常によく出てくる気がします。この小説で言えば、琥珀の左目には不思議な力があるとされています。それについてはどうですか。

結局彼らが閉じ込められたスタートは、いちばん下の妹が死んでしまったということなんですね。琥珀は自分だけのやり方でフリップブックのように、図鑑のページをパラパラパラとめくることによって、そこにいないはずの人が、死んだはずの人がここに生きているという、大発見をします。

つまり、死んで見えないはずの人が見える目を持った、そういう意味で特別な目を持った、しかもそれを芸術の域まで高めた、なおかつ肉体的にも物理的にも片方の目が名前のとおり琥珀になった。そういう話なんです。

――死者と共存する、あるいは死者をよみがえらせるというのは日本文化に特徴的なことでしょうか。日本では八月十五日に死者が戻ってくるという風習がありますね。

死んだ人が特別な日にこっちに戻ってくるという風習というか文化は世界各地にいろいろあると思いますけれど、日本ではそれはとても物語的な日です。死者が帰ってくるときは、早く帰ってきて欲しいので、きゅうりに割り箸をさして馬に見立てるんですね。馬に乗って早くこっちに戻ってきて欲しいと。

そして死者が死者の国に戻るときにはできるだけゆっくり去って欲しいので、ナスに割り箸をさして牛に見立てます。きゅうりとなすでできた動物をお供えするという風習があります。

つまり、大事な人が死んだという現実を受け止めるのに、そういう物語が必要だということです。言ってみればお伽話のようなもの、なすやきゅうりに割り箸をさすという物語的な行為によって、その悲しい死をどうにか受け止める、そういうことだと思います。

それは琥珀が図鑑の片隅に妹の絵を描いてパラパラっとしたその一瞬だけは妹は生きているんだというお伽話を作ったのとまったく根っこは同じだと思います。

――(この作品で言うと)琥珀は絵を描き、オパールはお話を語り(踊り)、瑪瑙は歌いますね。

つまり、この厳しい現実のなかにいるはずの彼らがまるで楽園にいるかのような生活を送れたのは、そういう芸術の力を彼らが発揮した、芸術のなかに救いを見出したからだと思います。ですからそれは別に閉じ込められていない自由な私たちにとっても、芸術は救いになるということを、濃縮した形で彼らは見せてくれていると思います。

（フランス語の朗読）

――ここに出てくる、森の中のレンガの壁に囲まれた家は、まるで海の中の島、時間の流れない島のようです。この印象は正しいでしょうか。

そうですね。陸の孤島みたいな感じですよね。塀があってしかも深い緑に囲まれていて、外からの情報が何も入ってこない。閉じ込められているとも言えますけれど、いまだ母親の子宮のなかで守られている。温かい羊水のなかで三人がぷかぷか浮かんでいるような、そういうイメージです。

――母親についてお聞きしたいと思います。この母親はとてもアンビヴァレントな人物ですね。彼女は子どもたちを保護していると同時に、傷つけてもいます。

そうなんです。決して彼女は悪意のある人ではない。しかしその愛ゆえに子どもを傷つけてしまうという矛盾した存在。しかし、どんな母親もきっとそうだと思います。その矛盾にみんな母親は苦しみつつ旅立っていく子どもの後ろ姿を見送るんじゃないでしょうか。そういう母親の切なさみたいなものを読み取っていただけたらな、と思います。

——具体的に言えば、母親は子どもたちを拘束するだけでなく、成長をも妨げようとしますね。体に合わせて服を大きくするのは拒むのに、服の細かな装飾に関してはとても注意を払います。

そういうシーンは私のイメージのなかでも非常に鮮やかに浮かんでいました。彼らがどんな服を着ているか。ピチピチで、ズボンの裾から太ももの肉がはみ出ている感じとか、ほつれて糸がピロピロしている感じとか。その不自然さがそのまま、母親の愛情のいびつさを象徴していると言えるかもしれません。

——書くときはいつもそのように鮮やかなイメージがあるのでしょうか。

あります。書いている間、私の中でもこの別荘の庭の一本一本の木が見分けられるくらい鮮やかでした。オパールが森の庭のなかで踊っている、そのときに聴こえる落ち葉を踏みしめる音とか、ミモザの花が髪にスローモーションみたいに落ちてくる様子とか、こんなに鮮やかにイメージできるのに、どうしてこんなふうにしか書けないんだろう、と、いつも一行一行落ち込んでいました。

——執筆するときにはなにか特別な状態に入るということですか。

トランス状態のような、特別な状態ではないです。

そんな神秘体験じゃなくて、もっと物理的に、パソコンの蓋を開けてスイッチを入れてファイルを開くとともにパチっと電気がついて見えるという感じです。

——リアリスティックな筆致から、不思議な、ファンタジー的な筆致への移行がとても自然に感じられるのですが、なにかやり方があるんでしょうか。

たぶん浮かんできた絵を忠実に描こうとしているからだと思います。つまり私のイメージのなかでは、ここからはリアルでここからはファンタジーみたいな境界線がありません。イメージをそのまま書いている、ある意味単純なやり方なんです。

これはちょっと、いくらなんでも空想的過ぎるんじゃないかと思って、私がちょっと現実味を足したりとか、そういう小細工を全然しないということですね。

——そのやり方は昔から変わりませんか？　小説の中の子どもたちのように、想像力を通じて逃避するということはありましたか？（子どものころから何かを書いたりしていましたか？）

デビューしたときからそういう書き方はまったく変わっていないです。

そして私も、この小説を書きながら忘れていた自分の子ども時代をいろいろ思い出すという体験をしました。瑪瑙がシグナル先生という架空の存在をリアルに感じるシーンがあるんですけれど、私も天井にノンノさんという架空の友達を持っていました。

——この小説の子どもたちと同じように、小川さんも動物には親しんでいらっしゃいますね。動物はカバーにも描かれていますが、この本の中でとても存在感があります。ここにはロバがいますし、小さな猫もいます。また先ほどの朗読の中にはとても多くの虫の鳴き声がありました。

動物はいつも、小説を書いていて行き詰まったとき、どっちに行ったらいいかわからなくなったときに助けてくれます。

ですからこれも、閉じこもって毎日単調な生活を送るという小説なので、書いている途中で何度か行き詰まるんですけれど、そこにロバがやってくる、塀の向こうから猫が入ってくる、そのことによって物語が動いていきました。

——なぜロバを選ばれたんでしょうか。フランス人には童話の『ロバの皮』（シャルル・ペロー作）はとても身近ですが、小川さんにとっては必ずしもそうではないかもしれません。

ひとつ具体的な創作過程を話すことになるんですけれども、ある日テレビのニュースで、老人ばかりになって寂れた団地の庭が草ぼうぼうになって、そこにヤギを連れてきて草をたべてもらった。そこの老人たちがそのヤギに感情移入してしまって、ヤギが帰るときにみんな泣いている、というニュースをやっていたんですね。そのニュースを見て、いい話だなと思って、でもヤギだとそのまんまだから、ロバにした。(笑)

——『ロバの皮』のお話をしたのは、この小説に出てくるロバのお話も童話と同様にとても普遍的なものだと感じたからです。時代も、場所もよくわからない。比較的現代に近い時代だと思わせる情報はあるものの、童話みたいに、時代や場所がどこでもいいような感じを受けます。

普遍的であることは、私にとってとても重要なことです。こういう輪郭のかっちりした狭い世界を書いているからこそどんな国のどんな立場の人が読んでも、その小さな輪郭が、ピースがはまるみたいに、心のなかにスムーズにはまってくれたらいいなと、思います。

——三人の子どもたちが選ぶ名前が鉱物や化石からとられているのには理由がありますか?

これはいろいろ考えたんですけれど、まだほんの数年しか生きていない幼いものと、何億年という時間をかけて作られたもの、そのまったく正反対のものが合体したら、何か化学反応が起こるんじゃないかと思ったんですね。

そして鉱物も化石も、人の目に触れない土の奥深くで、少しずつ大きくなって、ある日人間に発掘される、発見される、それが三人の子どもの人生と、重なるように思います。

――この子どもたちは外界のことを子ども用の図鑑を通じて知っていきます。これは小川さんにとって書くということのメタファーでしょうか。それを通じて世界を知るという。

そうあって欲しいと思いますね。小説を書くことで知恵が深まるというより、人間性が深まっていればいいな、と思っています。

――本の終盤のほうに、「よろず屋ジョー」という重要な役割を果たす人物が登場します。彼はある日屋敷にやってきて子どもたちと仲良くなりますが、この閉ざされた世界に外の世界をもたらす役割をしているんでしょうか。

ジョーはあらゆる食料品、日用品を自転車に積んでやってくる、それは一種の図鑑です。世界の縮図を運んでくる、そういう役割である。それがひとつ。

そして二つ目の彼が果たした役割は、オパールが彼を好きになってしまうということですね。あの場面を書いているとき、オパールがそこで一気に成長していくなあ、というのを感じて、ああもう彼女は出ていくんだな、と、私もわかりました。

――お姫様を助ける騎士のような？

でもたぶん「よろず屋ジョー」はプリンスではないと思います。彼自身は自分がどんな役割を果たしたか、気づいていないでしょう。むしろオパールは彼を踏み台にしてジャンプし、壁を乗り越えた、と言えるかもしれません。

――それでも、子どもたちは彼のおかげで外にも素晴らしいものがあることを知れますね。

そうです。そういう外からの風を運んでくるというイメージです。

――小説は最後現在形で終わっています。最後に示されたテーマはレジリエンス、抵抗する力のようなものだと思います（が、大人としてこの本を読んだとき、どうすればいいのでしょうか）。

最後のシーンが現在形であるのは、琥珀たち兄弟が味わった、いろいろな経験が永遠の喜びであって欲しいな、過去はそうでした、と過去に閉じ込めるんじゃなくて、風みたいに永遠に私たちの周りを舞っているみたいな、そういうものであって欲しいなと思って現在形にしました。

それを可能にしたのは子どもたちのそういう、いまおっしゃった、対抗する力です。

（フランス語　朗読）

（拍手）

トゥルーズ（オンブル・ブランシュ書店）

Toulouse [en Librairie Ombres Blanches]

フランス語版が出版されて、フランスに来るたびにアクト・シュッドがどういう良心的な精神で、文学を愛する気持で本を作っているかということを、折々に耳にして、「ああ、自分はなんて幸運な出会いから、この出版社で本を出してもらっているんだろう」と感謝の気持になります。本日は、本と読者が最も親しく交わる場所、書店でこのような会を催していただきましたことに、感謝申し上げます。と同時に、この書店の雰囲気のすばらしさに感動しています。どうぞよろしくお願いいたします。

クリスチャン・ソレル――小川さんの最新作『琥珀のまたたき』の翻訳が今週フランスで出版されました。今日はこの小説のテーマなどについてお話しいただきたいと思いますが、ここで簡単にあらすじなどをご紹介しておきます。（あらすじ紹介）

それではまずは短い朗読からはじめましょう。お聞きいただくのは最初のほうにある数ページで、登場人物たちの置かれた状況や全編にわたって共通する本作の雰囲気などを非常によく伝えてくれる箇所だと思います。

（小川　朗読）

（フランス語　朗読）

——ここに出てくる家は、小川さんのほかの作品にもよく出てくるような閉鎖された世界ですね。この小説の中で、閉鎖された空間というのはどういったところですか？　安心するところ？　怖いところ？　それともインスピレーションをあたえるところですか？

振り返ってみると、いつも閉じられた場所を書き続けてきたなあ、と思います。病院とか、島とか、チェス盤とか。そういう閉じられた空間のなかにものを書く人間として立つと、かつてそこにいた、閉じ込められていた人、しかしいまはもう去っていない人の気配が色濃く残っていて、つまり、その人の存在感が蒸発しないでぎゅーっと濃縮されてそこに残っている。それはこの小説とも関わりがあるんですけれども、鉱物のように、化石のようにその人の痕跡が残っている。そういう化石や鉱物のようなものに閉じ込められている声なき声を物語にしていきたい。そういう書き方をずっと貫いてきたのかな、と思います。本作の登場人物たちの立場から言えば、この閉鎖された空間は、彼らの全世界です。子どもたちは恐怖を感じるより先に、想像力を発揮してその空間に自由の広がりを感じ取ってゆきます。逆に、そうしなければ生き残れなかった、と言えるかもしれません。

――本作品をまだ読んでない方のために少し説明しますと、三人の子どもたちは家の中にある図鑑から新しい名前を選びます。それはもともとお父さんのものだったのですが、そのお父さんはそこにはおらず、お話にはほとんど姿を現わしません。子どもたちを捨ててしまっているようです。子どもたちはその図鑑の「鉱物」と「化石」の項から名前をとります。そこで選ばれた石は子どもたちに付き従うトーテムのようなものになります。

この図鑑は子どもたちの勉強部屋にあって、特に自習時間など、生活のリズムを刻む存在でもありますが、お父さんの痕跡でもありますね。(図鑑が父親の痕跡だったというのは小川さんにとってもそうでしたか?)

彼らはお父さんと一緒に暮らすことができなくて、唯一お父さんの気配が残っているのが、お父さんが発行した大量の図鑑、売れ残った図鑑、返品されてきた図鑑、ということなんです。その図鑑が古くなって地層のようになっている。図鑑を描写していくと自ずとこの家族がたどってきた時間を辿ることになる。あるいは三人兄弟がそれぞれ、オパール、琥珀、瑪瑙という新しい名前を選ぶんですけれど、そういう土の中で密かに長い時間をかけて誰の目にも触れないまま自然に出来上がっていった鉱物や化石を描写していくと、そのまま三人の子どもたちの境遇につながる。外の世界から閉ざされたなかで、彼らが誰にも知られないやり方で成長していく、そしてある日発見される。そういうふうに、図鑑とか石とか、ものを描写していくと、それが人間に自然と繋がっていく、それはいつも自分でも不思議なんですけれども、小説の面白いところだと思います。最初に図鑑を持ってきた時には、それが父親の象徴となり、子どもたちの成長を手助けするものとなり、更には彼らの存在の根本につながる名前を提供する役割を果たすようになるなどとは、思いもしませんでした。

——お話はこの三人の子どもの成長を何年も追っていき、子どもたちはやがて脱出することになります。お母さんは朝仕事に行き夜に帰ってくるという生活で、外部の影響が全くない、外部が存在しない生活です。ここで小川さんは子ども時代が持つ純粋で神秘的なものを示してくださっているように思います。この絶対的な純粋性をもう一度体験したいという思いはありましたか？　子どもたちはこの状況をぜんぜん苦に思っていません。三人で庭や図鑑に没頭しています。小川さんが特にこの小説で目指したのは子ども時代の自由や無垢さでしょうか？

彼ら三人は、死んだ妹を愛していたし、いちばん下の娘を亡くしてしまったお母さんの助けになりたいと願っていた。子どもが親を選べずに、たったひとりの親のために何ができるかを考える、そういう子どもの、かつて自分も子どもだったけれども忘れてしまった、すごく神秘的な感受性を表現したいという気持はありました。しかしそれは永遠には続かないんですね。あるとき絶対破綻する。この三人の楽園のような生活がいつ崩壊するんだろう、もうその足音がすぐそこまで聴こえる。そういう予感の小説でもあると思います。

――いまおっしゃられたことを聞いて思ったのですが、この小説には二種類の、正反対の方向性がある気がします。一方にはこの状況はずっと続きはしない、いずれ成長せねばならないという感覚があり、でも同時に、なんというか、絶対的な永遠の感覚のようなものもあります。こういった不安定さについてはたしか『猫を抱いて象と泳ぐ』でも「大きくなること、それは悲劇である」とありました。小川さんの書かれる小説はファンタジーではないと思いますが、この状況が終わりに至るのは現実が到来するからですか、それとも成長して子ども時代が終わるからですか？

それは両方この中に出てくると思います。いちばん上のお姉さん、オパールは自分の意思で出て行きますね。ですから必然的に内面の成長する力で、自分の力で出て行った。そして三番目の瑪瑙は偶然によって発見される。しかしそれはもういくらお母さんが三人を囲い込もうとしても、外の世界から否応なくやってくるものがあって、たとえばロバとか猫とか、あるいはよろず屋のお兄さんとか、そういうものなんですけれども、それらが、ときに残酷に楽園を破壊する。しかし社会的な観点で見れば、それは正しい在り方であるという、そこの矛盾がとても小説的だなと、自分で書いていて思いました。

――主人公の一人である琥珀は、いまは発見されて老人ホームのようなところにいて、片目が琥珀色になっています。読んでいくとわかるのですが、彼は子どもの頃に白内障のような目の病気になって、だんだん見えなくなっていったんですね。ですが、この病気のおかげで、眼の中に糸のようなものが見え、それを通じて亡くなった妹とつながりを持てるようになります。ともすれば重い障害となるものが、死者ともう一度つながるきっかけになるということの描き方が素晴らしいと思います。私としては、一緒に生きていてほしいと願う人がいる限り人は決して死ぬことはないと思いたいのですが、琥珀が目の中の糸を自分たちと一緒に育った妹だと信じ、それを描き出すことで再び生命を与えたのも、そのような想いがあったからなのでしょうか。

今、おっしゃってくださった通り、この子どもたちは天才的な方法で死んだ妹を蘇らせるんですね。

お父さんが残した図鑑のページの隅に妹の絵を描いて、パラパラパラっとすると妹が踊ったりお花を摘んだり楽しそうにしている姿が見えるということを彼らは発見して、そういうやり方で妹を蘇らせる。

生きていることと死んでいることとの意味を理屈でまだ十分理解できない子どもだからこそ、そういう大人が引いた境界線を無視して、どんどん死者の世界にいく、あるいは死者をこっちに呼んでくる、そういうことが出来る生き物が子どもだと思います。

――小説の語り手はアンバー氏とおなじ老人ホームにいるおばあさんですね。このおばあさんはアンバー氏と仲良くなって、かつてこの森の中の家で過ごした時の話を引き出します。このおばあさんはお年寄りによくあるように、アンバー氏のお話を通じて、失われた理想の時代としての子ども時代を取り戻したいと思っているのでしょうか。作者としてはどうお考えですか？

たぶん、晩年の琥珀に寄り添う語り手の「私」は、むしろ彼の過去には手出ししない立場の人だと思います。ただひたすら孤独な人生を送った琥珀の最後の、死が迫ったひととき、ただ側にいるというだけの人、何も自分からは手出ししない。

——それは私が受けた印象とはけっこう違いますね。

そうですか？　でも、たぶんそういう人が誰にも必要だと思います。ただ側にいるだけという人が。

——もちろん、私も語り手がアンバー氏を利用していると感じたわけではありません。むしろ、語り手もアンバー氏を必要としていると思いました。この二人はどちらもとても孤独で、でも、語り手の女性はただ一緒にいてほしいという以上に、なにかこのアンバー氏の持つはかなさや、底の見えない謎めいたところ、子どものころのお話を聞いていて感じる魅力などに思うところがあるように感じます。もしかしたら語り手の女性は子ども時代というものに幻想を抱いているのかもしれませんが、ともかく、アンバー氏や、そこにある感情、失われた純粋さといったものに夢中になっているように感じました。

相互作用として、アンバー氏が話すからには聞く人が必要で、それで「私」がその役割を果たした。話す人と聞く人がいて、話す人は話すことによって何かを得る。それを聞く人は聞く人で何かを得るという、非常に良い関係であったことは確かだと思います。

――登場人物に耳を傾け、お話を伝える役割を引き受けるというのは作家のメタファーですか？

ああ。それは鋭い指摘ですね。私の小説を読んでくださっている方なら分かると思うんですけれども、なんだかちょっと社会の片隅に追いやられた人、真ん中にずかずか出てこられない人ばかり描いているんですけれど、そういう小さい声しか出せない人に私は非常に魅力を感じるんです。そういう小さい声でしか喋らない人の側に行って、聞く。小説を書きながら同時に、一方では耳を澄ましている。今回も三人の子どもたちの小さな声をずうっと書いている間じゅう聴いていたなあ、という気がします。

しかも大事なのは意味のある言葉だけではなく、溜息とか無言とか沈黙とか、そういう状態を聴く。言葉の意味を聞き取るのとは全然違う「聞く」であるということですね。

――自然についてお聞きしたいと思います。この小説では今までの作品以上に自然の存在を強く感じました。庭はまるでもう一人の登場人物のようです。さきほど、（登場人物たちが鉱物や化石の名前をとるのは）土の中から出てくる石のようなイメージ、というお話がありましたが、この環境、いささか常軌を逸して横溢する緑という環境は、登場人物たちが石のように育ち、出ていくために必要とされたのですか？

三人がまがりなりにも成長できたのは、自然があるおかげで、絶対彼らには必要な条件だったと思います。自然の素晴らしいところはやはり、言葉を喋らないことです。余計なことを言わない。ただ「在る」だけ。そこから子どもたちは、無言で語りかけてくる自然によって、自分たちの住む世界をどんどん広げていった。閉じ込められているにもかかわらず。自然はそういう役を果たしたんじゃないでしょうか。

——お話の中に「沈黙」の問題がよくでてきますが、言葉を使わないで伝えるのは難しいですか？

でもそこにしか小説はない気がしますね。言葉で全部説明できるんだという気持で書いている作家は本物じゃないと思います。言葉では全部伝えきれないんだ、沈黙の中にこそ、最も伝えたいことが潜んでいるのだ、ということを前提にして、私は書いています。

——小川さんも他の文学から影響を受けるということがあると思いますが、その点についておうかがいしたいと思います。小川さんの作品を読んでいるとさまざまな側面を感じますが、支えになったり、書く助けになる、インスピレーションを与えてくれる、そんな作家について教えてください。日本文学の作家はもちろんですが、西洋の文学、たとえば妖精物語とかグリム童話、フランスのペローの童話などが影響を与えているかも気になります。特に今回の作品への影響もですが、もっと全体的な影響もです。

子どものときいちばん私に多大な影響を与えたのは、もう何度も言っていますけれども、『アンネの日記』ですね。つまり原点が「閉じ込められた子ども」で、今回の小説のテーマと重なっています。

そして自分が読んで、私はこういう小説は書けないけれども、いつもすごいなあと思うのは、川端康成ですね。

本当に人間というのは恐ろしいものだということを書き続けた人で、その恐ろしさの極致が美への域にまで達している人だと思います。

——私が感じたこととしては、村上春樹さんも、現実ではないけど、まったくのファンタジーというわけでもない世界を描いているという点で小川さんと共通するところがあるように思います。ご自分では村上春樹さんと近いところがあると感じることはありますか？

村上春樹は私が同時代で新作が出ればすぐ読めるという作家で、そういう意味で若いときからもちろん影響は受けていますし、日本文学のなかである特別な役割を果たしている作家だと思います。

私が村上春樹の言葉で非常に共感できるのは、人間の心を家に喩えて、「一階だけを書いていてはダメなんだと。地下二階、三階、四階、五階とどこまでも降りていかないと、その人を書いたことにはならない」と。村上ワールドによく井戸が出てきますけれど、それに通じるものがあるのでしょう。あんなに自由にファンタジックに広い世界を描きながら、方法としては水平じゃなくて垂直なんですね。そこが私はいつも尊敬しているところです。

〔会場から〕

A（女性）――この小説には老年期や幼年期は出てきますが、大人があまりでてこないように思います。お母さんはほとんどいなくて、お母さんのお話として劇場に出かけていくものがありますが、あれもほとんど夢のようです。大人の世界がこれほど希薄なのはわざとですか？

わざとという言い方も変ですけど、私が書けることを書いたらこうなったということですかね。その中間はたぶんまた他の人がどこかで書いているかもしれませんね。

A――劇場の場面は例外ですね。

ええ。ですからお母さんが出てくるときは全部お母さんのファンタジーですよね。つまり自分の娘が亡くなったという事実を絶対に受け入れられない。彼女は非常に切ない人だと思うんです。

――それでは、最後にこの小説の最後の部分を読んで終わりにしたいと思います。小川さんの作品には汲みつくせない魅力や謎があり、今回のイベントで作品のすべての側面についてお話しできたわけでもありませんし、小説を全部読んでもさまざまな謎がすべて解かれるわけでもありませんが。

では最後に。この主人公の琥珀は最後芸術家として死ぬことになります。つまり図鑑の片隅に延々と絵を描き続けるというアール・ブリュット（正規の美術教育を受けていない人による美術作品。アウトサイダー・アート）の画家として最期を迎えます。しかし彼の作品を鑑賞するのはほんの一瞬で終わってしまいます。パラパラパラパラと。ですから彼の作品が披露されるのは「一瞬の展覧会」と呼ばれています。そして老人ホームで「一瞬の展覧会」が行われている最後のシーンを読んで終わりにしたいと思います。

（小川　朗読）
（フランス語　朗読）
（拍手）

第4章　インタヴューズ

Chapter 4　Interviews

◎「有限な盤上に広がる無限の宇宙」
（初出：『文藝』2009年秋号）

堀江敏幸（ほりえ　としゆき）

1964年、岐阜県生まれ。早稲田大学第一文学部卒。東京大学大学院在籍中、パリ第3大学博士課程留学。「熊の敷石」（芥川龍之介賞）『雪沼とその周辺』（谷崎潤一郎賞）、『正弦曲線』（読売文学賞）、『その姿の消し方』（野間文芸賞）など著作多数。

◎「なにかがあった。いまはない。」
（初出：『ユリイカ』2004年2月号）

千野帽子（ちの　ぼうし）

1965年、福岡県生まれ。九州大学大学院修士課程修了（仏文学専攻）。パリ第4大学博士課程留学。文芸評論家、エッセイスト、俳人。著書に『文藝ガーリッシュ』、『文學少女の友』、『俳句いきなり入門』、『人はなぜ物語を求めるのか』、『物語は人生を救うのか』など。

有限な盤上に広がる無限の宇宙

〈インタヴュアー〉堀江敏幸

「自分の物語」が「小説」になった瞬間

堀江――『海燕』の新人賞を受賞されたのが一九八八年ですよね。この最初の作品で、ぼくは小川さんと出会っているんです。その後、九〇年三月から『マリ・クレール』で「シュガータイム」の連載をはじめられ、「妊娠カレンダー」(「文學界」九月号)で同年下半期の芥川賞を受賞されました。後者が九一年一月、前者が翌二月に、つづけて単行本になっています。当時ぼくはフランスに留学中で、初出で読むのは不可能なはずですが、『マリ・クレール』は先輩筋の方が記事を書いていたこともあって、きれぎれに手にしていました。だから「シュガータイム」の何回かは初出時に読んでいますし、「妊娠カレンダー」は、たしか誰かの置き土産だった『文藝春秋』の掲載号を、何カ月か遅れで読んだ記憶がありますね。多少のずれはありますが、ぼくは小川さんの作品を、ほぼ発表順に読むことができた、幸運な読者のひとりだろうと思うんです。縁あって書評や文庫の解説を書かせていただいていますが、はじめてお会いしたのは、二年ほど前のことなんですね。これはときどきあることなんですけど、作品を長く読んでいると、なにか昔からよく知ってるような感じがしてしまう。初対面のときも、そんな感覚でした。

小川――お互いに作品を読んでいる前提があるので、すごく親しいんだけどただ会っていなかっただけ、という感じでしたね。

堀江――そう言っていただけると光栄です（笑）。で、今日は純粋な聞き手としてこの場に来ているわけですが……まずは、小川さんの作家としての出発点を教えていただけますか？

小川――昔から、ある本を読んで「これはすばらしい」と思ったときに、「これがもし自分が書いた本だったらよかったのに」と思うことがあったんです。「なんでこれ自分が書いた本じゃないんだろう、これを自分が書いたことにしちゃいたい」と。それは嫉妬ではなくて……本を書くことと読むことにあまりはっきりとした境目がなかったという感じだと思います。そして高校時代に入ると、自分が心ひかれた文章を大学ノートに書き写すようになったんです。それがすごく充実した作業でした。

堀江――作家の名は、覚えておられますか？

小川――出発点は詩でしたね。萩原朔太郎や立原道造、あるいは万葉集など、文学少女が一度は通る道を素直に歩んでいました。そこからオーソドックスに夏目漱石や太宰治や川端康成や谷崎潤一郎に移っていって……。そういう作品を書き写していく作業は、子どもが砂場で泥団子を作って喜ぶみたいなことに似ていて、言葉をもてあそぶというか、言葉とじゃれ合うのに近いんです。そういう体験をしていくうちに、少しずつ自分で考えた文章を書けるところまで水位が上がってきて、あるとき、自分の物語を書き始めたわけです。

堀江――それはいくつぐらいのときですか？

小川――大学に入学してからですね。でも書いてみると「あ、これはひどい」ということがわかるわけですよ。それを何回も繰り返していくうちに、どのくらいダメか試してみようと思って新人賞に応募するようになりました。

堀江――そして、「揚羽蝶が壊れる時」で海燕新人文学賞を受賞されるわけですね。その作品で「これで行けるかな」という感触はありましたか？

小川――いえ、そう感じたのは受賞第一作の「完璧な病室」を書き上げたときですね。なにか一枚ドアが開いた感じがして。でもその原稿を送ったとき、うんともすんとも言ってきてくれなくて、「どうしたのかな、ボツになったのかな」と半ばあきらめていたところに、福武書店から速達郵便で大きな茶封筒が送られてきて、開けたらゲラだったんです。そのときに「あ、ここから出発したらいいんだ」って、ようやくスタートラインにこぎつけたと思いましたね。小さな喜びと大きな不安が入り交じったような不思議な感覚が襲ってきたことを覚えています。

堀江――「完璧な病室」は初期の名作ですね。受賞作の「揚羽蝶が壊れる時」には「記憶の消失」という、その後に繋がるモチーフが現れているわけですが、この作品の中にも実はいまの小川洋子に結びつく様々な景色が姿を現している。まず不治の病にかかり死を見据えている「弟」が出てきます。それから「病室」という空間、「食」についての渇望、そして「孤児院」……。

小川――たしかに、『シュガータイム』でもそうなんですが、難病の弟が出てくるんですよね。つまり欠陥を抱えている。それは最新作（『猫を抱いて象と泳ぐ』）にも繋がっていて、リトル・

アリョーヒンは唇が閉じたまま生まれ、身体が大きくならない。それは大きな欠落ですよね。そしてチェステーブルの下という区切られた空間は病室にも通じる……デビュー以来繰り返し同じことを書いているというのは、自分でも感じています。

堀江――最近、若い人たちと話をしていると、物書きが同じテーマを繰り返してはいけないように思っている人がいるんです。ところが作家の仕事というのは、同じことを繰り返しつつ、中心部を少しずつずらしていって、全体としてどれだけ辛抱強く反復に耐え得るかにかかっていて、そこが大事なんですね。

小川――そうなんですよ。私も書き始めた頃は「誰も書いたことがないことを書かなければいけない」と思っていたんです。でも、書けば書くほどそこに矛盾が出てきて、「そんなことが自分にできるわけがない、なにか自分の手の中にあるものを繰り返し磨いていくしかない」ということに気づくわけです。話がずれてしまうかもしれませんが、例えばフィギュアスケートの選手でも人がやったことのない技をやろうとする人がいます。トリプルアクセルを二回跳ぶという、誰もやれないことを失敗してでもやる、ということにモチベーションを持っている。一方自分ができることに磨きをかける選手もいる。どちらがスポーツ選手としてすばらしいか、簡単には言えません。ほんのわずかの上達を求め、自分が既にできる技を繰り返し練習するのも、苦しいことです。だから人が書いたことのない小説を書くのだけが、必ずしも文学のベストな目的とは限らないと思います。

堀江――やったことがないというのは、要するに組み合わせの問題ですよね。昔、日野啓三さんがベイトソンのイルカの話をエッセイに何度か書いておられました。調教師がイルカに、ジャンプをしてこういう演技をすれば餌がもらえる、と教える。そして、ある日、そのルールを破る。なにをしても、餌を与えなくなる。十回、十一回、十二回……何度繰り返しても餌がもらえないので、イルカの方は、だんだん混乱してくるわけです。苦悶する。しかし十何回目かの演技を終えて、次の回に備えているときの予備のプールで、イルカがものすごく興奮し始めた。そして、実際の演戯でなにをしたかというと、単発の技を組み合わせた、複合技をやったんですね。自分がよく知っている技を、抱き合わせた。宙返りにひねりを加える、というようなことです。先ほど「完璧な病室」のときに、なにか一枚ドアが開いた感じがしたとおっしゃいましたが、それはすでに自分のものになっていた基礎的なステップが、この作品のなかでうまく組み合わさって、自分にとっての、新しい世界を作られたということじゃないでしょうか。

小川——なにか餌がもらえそうなアイディアが浮かんで興奮していたんでしょうね（笑）。将棋の駒もチェスの駒も、そして日本語の単語も有限なんですよね、無限じゃないんです。だからパカッとつかんでバラバラッと盤の上に適当に置いただけでも、そこになにかしら生まれる。順列組み合わせをああでもない、こうでもないっていってみんなで言い合っているという意味では、小説もある枠組みの中でやっているんだと思います。

堀江——でもその枠っていうのは見えない枠なんですよ。宇宙が広がっていくのと同じように、その枠はどんどん大きくなっていく。有限だといっても、そうじゃないっていうところがやっぱりおもしろい。

先ほどの話では、「少しずつ自分で考えた文章を書けるところまで水位が上がってきて、あるとき、自分の物語を書き始めた」ということでしたが、ある日それが小説になる瞬間が生まれたとすると、その瞬間って、具体的に言葉にすることができるものですか？

小川——はじめはやはり「世界と私をどう関係付けるか」を書こうとしてもがくわけです。しかしあるとき、世界と私は実はすでに繋がっていたことに気づく。それは大発見だったかもしれない。自分で一生懸命、「私と世界を結ぶ紐はこれかしら、あれかしら」と思って垂れ下がっている紐を探していたら、実はもう腰のあたりで結ばれていて、「あ、ここでもう繋がってた」って（笑）。

堀江——世界と私の関係について言えば、小川さんはデビュー作のタイトルが「揚羽蝶が壊れる時」なわけですから、最初から関係を構築するのではなくて、壊す方ですよね。

小川——自分と他者の関係がどんな損なわれ方をしているか、それを探ることによって、世界と自分の紐の結び目をたどっているのかもしれません。関係を結ぶ方向ではなく、壊れた残骸の方へ道を求める。私が恋愛小説が書けないのは、それが原因かもしれないですね。

堀江——そうですか？　ぼくは全部恋愛小説として読んでますけど。

小川——いやあ（笑）。恋愛小説は究極繋がり合おうとする小説なのでね。

堀江——恋愛っていうのは、別に人間相手じゃなくてもいいんですよね。小川さんの小説にはつねになにかとなにかが吸着し合っている感じがあって、その関係は恋愛に似ていると思うんです。小川洋子の世界に、はじき合うものって、あまりないんじゃないですか？

小川——たしかに反発し合わなくてもすむ的確な吸着の仕方を、登場人物たちは皆賢く習得しています。そう考えると、『薬指の標本』の標本技術師がなぜあんなに標本に対する偏愛を注ぎ続けるのか、リトル・アリョーヒンがなぜあんなに象に愛着を抱くのか、これはいってみれば全部恋愛と言えますよね。

堀江——逆に、男と女が出てきたとしても、これって恋愛じゃないなあと感じさせるような話も多いですよね。常に自分が中心にいて、同じ半径の円を壊さないでずっと持ち歩いているような話は、恋愛にならない。

小川——標本技術師もリトル・アリョーヒンも、中心からはずれようはずれようとしている人たちですね。

自分の作品をホルマリン漬けにしたい

堀江——この間、佐々木幹郎さんの『人形記』という、日本の人形師を訪ね歩くルポルタージュを読んだんです。その中に登場する人形師が、「作り手は人形に魂を込めると言われるけど、そうではない」と言うんですね。「魂を込めるのは享受する側であり、自分たちは空っぽの人形しか渡せない。込めようとしても人形が拒む」と。小川さんはご自身の最近の小説作法について、「自分は動かない駒のようなもので、降りてきた声を伝える媒体者にすぎないのだ」とおっしゃっていますが、そのあたり、〈人形遣い〉ではなく、〈人形師〉のほうに似ているのかなと思うんです。

小川——私たち素人は、人形師というのは、作り手として魂をその人形に込めているのではないかと想像しています。ところがそのプロの作り手たちは「そんな恐ろしいことはしていない、自分はただ輪郭を作っているだけだ」という気持でいる。芸術の本当のあり方はそうじゃないかと思います。私の場合も、「完璧な病室」なら「病室」、『猫を抱いて象と泳ぐ』なら「チェス」という一つの区切られた世界があって、その輪郭を引いて〈閉じられた空間〉を作り、その中に登場人物が、例えば雨が降ったあと、きのこが生えるみたいに、ふと気がつくとそこに現れているんです。登場人物の人生観とか哲学とか生い立ちとか、そんなものによって世界が決まるわけではなくて、そこに理屈はない、理屈をつけるのは作家の役目ではない、そこから先は読み手の問題なのか評論家の仕事なのか……作家ができるのはそこまでだな、と思うんです。あとはその人物がどう動くのかを見ているだけなんです。

堀江——だから「観察する人」っていう感じですよね。

小川——堀江さんの文章もまさにそうなんですよね。堀江さんほど観察に徹している作家もいないなと思っていて、そこが私が堀江敏幸という作家に一番最初にハッとひきつけられた要因なんです。『もののはずみ』のような本が書けるんですから。なんの人格も持っていない、がらくたが市に到着するまでの「モノ」の歴史……絶対に自ら語れないものたちについてああいうふうに書けるのは、堀江さんが観察者であるからですよ。しかも堀江さんは、これをどうやって手に入れたかという自分の苦労を決して書かない。ある日ふと出会った破れかけたぬいぐるみや、なんの変哲もない鉛筆削りを見るだけで物語が生まれてしまう。「ああ、小説ってそれでいいんだ」って思えました。

堀江——その「がらくた」たちが小川さんの小説世界の中の「標本室」にすっぽりおさまるといいんですけどね（笑）。標本というのは、誰かが分類しなければいけないし、壊れないように取っておかなければいけない。結局言葉も同じなんですよね。言葉に敏感な人とそうじゃない人がいるとすると、やっぱり小川さんは敏感すぎるくらいに敏感なところがある。ときどきホルマリンに漬けちゃっているんじゃないか、と感じるぐらいに（笑）。

小川――私は日常的な時間の流れから逸脱させるために、できるだけ時代性の強いものは書かないようにしているんですが、それは自分の作品そのものをきっとホルマリンに漬けたいからなんですよね。ですから例えば、百年後の人、あるいは百年前の人、そういう時間の流れをさかのぼったり極端に遠くへ行ったとしても、そっくりそのまま取り出せる状態をどこかで目指しているんでしょうね。

堀江――それぞれの作品ごとに、密かに仕込んだ「ホルマリン漬け」があって、読者は、「あ、このホルマリンはBの棚の左にあった」と思うわけです。「完璧な病室」と『猫を抱いて象と泳ぐ』の対比もそうですが、その二作に限らず、読者は小川作品を読むたびに、そこここで、縦横の響き合いを感じるんですよね。

「生きている世界」と「死んでいる世界」のはざまで

堀江――ところで、「輪郭を引いて〈閉じられた空間〉を作る」というのは、小川さんの永遠のテーマですよね。

小川――はい。アンネ・フランクに出会ったときからずっとそうです。極端なことを言えば、輪郭のない世界には人形は生まれないのかもしれない。ですから移動する小説というのが難しくて書けない。移動するとしても、例えば飛行機の中の隔離された空間での出来事になってしまう。

『猫を抱いて象と泳ぐ』も、最初はテーブルチェス盤一つを持って主人公が放浪する話を書くつもりだったんです。チェスをしている間はきゅっと閉じ込められた状態で、対局が終わるとパッとそれを持って、うんと遠くの誰も知らない町へ行く。そういう定点と直線の繰り返しをやってみたいと思ったんですけど、そうはならなかったですね。むしろ、人形の中に入って出ないんですから、閉ざされた空間の最たるものかもしれない（笑）。せいぜいロープウェイに乗って山の上に行くぐらいの移動しかできなかった。

堀江――ロープウェイというのも、実は箱が動くわけですよね。そこが本当に徹底している。例えば階段をのぼって、あの山の上に行く方法もありえたわけです。でもロープウェイというのは宙吊りですから、宙吊りのまま上に行く。これはいよいよ終局に向かっているなっていう感じがしました。

小川――ああ、たしかに（笑）。彼はその前は汽車で移動しているんですけど、自分で書いていて、その描写はおもしろくないんですよ。だから彼も椅子に座らないでデッキのところにうずくまって、「早くこの時間が過ぎればいい」と思っている。で、いよいよロープウェイに乗るところから本領発揮という感じで彼も生き生きしてくるんですよね。実はあの小説で、チェスを教えてくれる師匠が動かない廃車のバスに住んでいるというのは、白状すると堀江さんの『河岸忘日抄』のセーヌ河に浮かんだ船をモチーフにしているんです。あの話を読んだときに、これはものすごく私の好みな一点を突いてくる小説だな、と思って。船なのに移動しない、河に浮かんでいるのにどこにも行かない。それでまた、主人公が特別なことをなにもしないじゃないですか。それなのになんでここまで完璧に世界が構築されているんだろうか、ということがずっと心に引っかかっていました。それがこの、かつては動いていた廃バスに繋がっているんです。

堀江——その、もともと動くはずのものが動きをとめられてしまっているというのは、人間的に言えば「欠落」、つまり、あるべきものが奪われたものっていうことですよね。

小川——そうですね。奪われた感じがありますね。堀江さんの「戸の池一丁目」にも、空き地に置いてあるバスが出てきます。

堀江——ええ。子どもの頃、よく払い下げの電車やバスが空き地にあったんですよ。そういうのを見ると、なにか動物の死体よりも、もっと無惨な感じがしました。

小川——ある種、死体ですよね。

堀江——そう。中に入ってみたいおもちゃのように感じる一方で、触れてはいけないもののようにも感じるんです。ただの車なのに、タイヤが片方取れて傾いていたり、ガラスがなくなって、錆び、朽ちていくのを見ると、かえって神聖なものになる。小川さんの小説にも、そのような「欠落」したもの、「奪われた」ものが出てくるわけです。

小川——「生きている世界」と「死んでいる世界」があったとき、そこをスイッチが切り替わるみたいに一足飛びにパチンと移動できればいいんだけど、それができない。標本や剝製はまさにそうですけど、廃車になったバスにしても、生から死へ一足飛びに行けないで、なんの因果か途中で漂っている感じがするんです。人間であれ無機物であれ、そういうものの声を、ずっと私は書き続けてきたような気がします。

堀江——生から死へ一足飛びに行けないときに、じゃあなにを使うかというと、標本でなければ言葉ということになるんでしょうか。例えばアンネ・フランクであれば、あの日記がなかったら、彼女は死の世界へ行けなかったかもしれない。もちろん直接的な橋渡しは、ゲシュタポです。しかし、日記がなければ、一日一日と先に進めなかった。

小川――そうですね、先に進もうとしているんですよね、その中間地帯でさまよっている人は。生の世界に戻ろうとしているだけではなくて、どうにかして死の世界へ行こうとして苦闘していることもある。

堀江――『アンネの日記』に、おばあちゃんにもらった万年筆を間違って焼いてしまう、印象的なシーンがありますね。焚書ということは、あり得ると思うんですよ。だけどそれを書くためのツールを失うというのは……。

小川――あれは象徴的な事件でしたし、非常に暗示的ですよね。そして彼女はそのことの意味を感じ取って、「わが万年筆に捧げる頌歌」という詩を残している。その最後に「自分は万年筆のように火葬にしてもらいたい」ということを書いています。私はそういう小さな手違いによって取り返しがつかなくなった燃えかすを、一生懸命拾い集めて書いている感じはあります。

理にかなっていることはこんなに美しい

堀江――ところで、『博士の愛した数式』あたりから、小川さんの中で少し、なにかが変わってきたような気がするんですが。

小川――やはり、数学との出会いは大きかったですね。数学を題材にして一冊書いたときに、この論理的な世界に文学があったということに自分なりに触れて、そういう方向にまたちょっと別のベクトルを向けようとしているのかもしれないです。

堀江――ぼくは、『博士の愛した数式』をゲラで読んだ最初の人間のひとりなんです。「波」で書評を頼まれましてね。

小川――すいません、いつも書評なんて面倒くさいことを（笑）。

堀江――いや、すごくおもしろくて。そのとき印象に残ったのは、博士が若き日に本気で愛した女性のイニシャルが「N」だったということなんです。その「N」を、ぼくはどんな数も代入できる記号、ナンバーの「n」として使われたと、思い込んでしまった。

小川――数学の世界では、nは自由自在なんですよね。でも、まったく無意識で使っていたんです。

堀江――不思議ですよね。どうしてnなのか。アルファベット二十六文字の中で、よりによってなぜnを選んでしまったのか。bでもmでもよかったのに。

小川――なぜ自分はnを選んだのか、なぜ阪神時代、江夏豊は背番号に28をつけていたのか……そういうことを考えると、やっぱり作家があれこれ細工できる範囲って、本当に狭いですよ。

堀江――無意識に働く力が強いということですか。

小川――ええ、すでにそこにあるわけですよね、きっと。そう思うとまた書きたくなります。なにが起こるかわからない、どんな偶然がどんな不可思議な世界を見せてくれるかわからないと思うと……。

私が科学者に出会って感じるのは、彼らはとても「理にかなっている」ということなんです。私はそれまで、「無駄がない」とか「はみ出ているものがない」とか「みんなが揃っている」とかということを軽蔑していたんです。ただ、いろいろな科学者たちにインタヴューをする中で、「理にかなっているということはこんなに美しいのか」と気づかされたんですね。これは先ほどのイルカの話に繋がるかと思いますが、この間、岡ノ谷一夫先生というジュウシマツ研究の権威の学者と対談したんです。ジュウシマツの鳴き声にはいろいろな音節があって、それを繊細に複雑に組み合わせて歌えるオスが一番いいメスと交尾できるんです。それでみんな競い合ってその複雑な歌を歌おうとする。ところがときどき、あるレベルを超えるオスが現れて、もうかつて誰も思いもつかなかったような組み合わせ、文法を編み出して歌うわけです。するとその鳥はもう求愛しないで自分のためだけに歌うようになるんですよ。それがある種天才の誕生なんですよね。先生からジュウシマツが芸術を生み出すメカニズムを説明していただいて、それはね、ある意味理にかなっているんです。モーツァルトがなぜ天才かということを一生懸命に文学者が考えても絶対に答えが出せないんだけれど、ジュウシマツの研究者はちゃんとそれを理にかなった形で説明してくれる。しかし理にかなっているからといって味気ないかというとそうじゃない。この限りある日本語を自在に操り、かつて誰も思いつかなかった組み合わせを編み出すことによって生まれた小説が傑作になり芸術になっていくのと同じことを、あんなちっちゃな脳みそしか持っていないジュウシマツたちもすでにやっている。私はそれこそが世界の真実というか、作家たちが表現すべき真実なのではないかと思ったんです。

堀江――でも小川さんは、『猫を抱いて象と泳ぐ』もそうですけど、理にかなったものの美しさを描こうとしているのではなくて、理にかなったものはあるんだけれど、そこからはずれていくものを美しいと感じているんじゃないですか？

小川――なるほど（笑）。たしかに私は、その天才ジュウシマツを書いているわけじゃないんですよね。むしろ実験のために生まれてすぐお父さんから引き離され、歌を誰からも教わらないまま大きくさせられているジュウシマツのオスたちを書きたいですね、やっぱり。

堀江――それはつまり、歌というものを知らない鳥たちが歌に出会ったとき、どういう反応を示すかっていうことを研究するために隔離するわけですよね。

小川――ええ、お父さんから歌を教えてもらえないジュウシマツたちが、すごく頑丈な真っ白い金庫みたいな特別な檻に閉じ込められていました。

堀江――昔流行ったクイズで、ゴキブリがリーンリーンって鳴いているんでびっくりして、「お前どうしたんだ」って言ったら、「スズムシに育てられたんだ」って答えるというのがありましたね。まあゴキブリは発声帯がないから無理だと思いますけれど、ジュウシマツは隔離されるのではなくて、例えば別の鳥に育てられた場合はどうなるんですか。

小川――やっぱりその鳥の鳴き声を真似するんですよね。それでお父さんと同じじゃだんだん自分で欲求不満になってくるんでしょうね、自分なりのオリジナルをそこに加えていく。さらにそれを飛び越えて、モーツァルトになるジュウシマツが何年かに一羽出てくるらしいですよ。

堀江――それは好きな作家の一節を筆写しているうちに、違う世界に行ってしまう瞬間と同じですね。

小川――あっ、なるほど（笑）。

堀江――作家の育て方みたいなもので、飛躍の瞬間だけは、もうほかの人はどんな助言もできないということですね。

小川――そこは論理的じゃないんでしょうね。

堀江――でも、その隔離されたジュウシマツを描きたいというのは、これはじつにもって、小川さんの世界だなあ。誰もそんなこと考えませんよ。

小川――そうですかね（笑）。

堀江――非常に難しいことだけど、しかし、すでに物語が始まっている。

小川――傲慢な言い方なのかもしれないんですけれど、どこかちょっと出かければ、なにか書けそうなものはありますよね。書くべきものではなく、書かれるべきものが隠れていそうな気配を感じます。『科学の扉をノックする』（集英社）という本で私は何人もの科学者にインタヴューに行ったんですが、その度に小説にしたいことが出てくるんです。

何十億年前に発せられた光が、いま届いて

堀江――先ほど「理にかなう」ということをおっしゃいましたが、理にかなったものって、差異が見えやすいと思うんですよ。例えば、電車に夢中になる人っていうのは、その車両のマイナーチェンジが好きなんですよね。「この車両だと何年までの年式ではヘッドランプが楕円だったのに、この頃から丸になっちゃって気に入らない」みたいな。あと、ぜんぶ同じ車種の車を買う人もそうですよね。ヘッドランプの形の微妙な小さな差異の方が大きく感じられる。数学者ってそういうところがあるんじゃないかなって思います。

小川――たしかにそうですよね。1が0になるだけで全然違っちゃうんですものね。
堀江――0の発見ということですね。
小川――「完璧な病室」の弟にしてもリトル・アリョーヒンにしても、もしかしたら小さな差なのかもしれない。しかし書き手にとって、その「小さな差」にこそ意味があるから繰り返し書いているんです。
堀江――将棋には定石がある。けれど、棋士はそこからはずれていくものに対して畏怖の念を抱く。羽生名人は他力と表現しておられますけど。それは、長編を書くときの姿勢と似ています。つまり、将棋やチェスの場合、相手が打たないと次が打てないから、それによって構想などもぜんぶ変わってきてしまう。
小川――小説の場合、次の一手も本当は自分で選んでいるはずなんですけどね。
堀江――本当はそうじゃないんじゃないかっていう気もするんですよ。ちょっとしたタイミングで、急に想定していたものとちがう駒を、つまりnを置かれてしまうみたいな。
小川――それは……物語によって置かれる、ということになるんでしょうか？　そう考えるとたしかに何者かとつねに対話や交信をしながら書いている気がします。
堀江――さらに言えば、『博士が愛した数式』より『猫を抱いて象と泳ぐ』のほうが、その交信の度が深い感じがするんです。はじめから終わりまで誰が喋っているのかわからないような状況でずっと話が進んでいきますね。それでいて全然隙がない。どこから来ているのかわからない声に乗ったまま語りが進み、読者は誰だかわからない人に手を引かれていく。誰かが誰かと交信して指示を仰ぎ、「次どこ行くぞ」と登場人物に伝えているのではなくて、語り手という以外にない眼が、主人公をずっと追っている。その語り手が追っている姿を、さらにまた高いところから、宇宙船が地球を見るみたいにもう一つ上の眼から、見ている。ある意味、宗教的と言ってもいいかもしれないような感触があって、いままでの小川さんの作品の中でも、とりわけ研ぎ澄まされた感覚がある。

小川――この小説は三回連載したんですけど、途中で編集長が「ところでこれ、語り手は誰なんですか」って聞いたんです。「うーん、そういえば誰なんだろうな」と考えると、語り手が誰か決めないで自分は書き始めてしまっているんだな、と気づいたんです。

堀江――ぜんぶ知っていないと書けない話なんですよね。ぜんぶ終わったところから書いているわけですから。

小川――そうなんです。で、しかもチェスをしているときのリトル・アリョーヒンは誰も見ていないんです、たった一人で隠れているんですから。その彼をちゃんと描写できる人って誰なんだろう、これは大問題じゃないか、変なこと聞かないで（笑）と、ちょっとあわてました。

堀江――アリョーヒンの近くにいたミイラが伝記を書いているのかなって、途中までそう読んでいたんです。でも、そう読んじゃいけないって、気づいた。誰が読んでいるかわからないっていうのは、すごく気持の悪いことでもあるんですよね。

小川――ええ、そうですね。

堀江――だけどそこにはすごく不思議な時間差があって、例えばもう死んだはずの星の光が宇宙から届いているのを見ているような感じがあるんですよ。何十億年前に発せられた光が。

小川——ようやくいま届いてそれを見られるんだけど、実物はもうないと。

堀江——そういう話に近い感じがします。すごく身近にいる人たちをあたたかく書いているのに、距離としてはもうどうしても届かないところにあるように感じる。ぼくはとてもそこに心を動かされました。物語の技法と言ってしまうと誤解があるかもしれませんが、そういうふうに語らざるをえないわけですね。その語り方に、文学の励ましの形の一つがある。そして、抱いているのは一体なんなのか。猫なのか象なのか。チェスの駒じゃなくて。

小川——閉じこもっているリトル・アリョーヒンを誰が見ていたのか。決して当事者にはならないで、ただじっと観察して書き残していた何者かがいた、っていうことなんですよね（笑）。ですからもうリトル・アリョーヒンが人形の中に隠れてチェスを指す人で姿を見せないという設定にしたところからこういう書き方しかできなかったわけです。世界にリトル・アリョーヒンが現れた時点でこういう語り手の作り方から全体の構成から、もうすべてが決まってしまう。作家が決めるんじゃなくて、リトル・アリョーヒンが決めるんです。結局、作家は観察者にしかなれないんですよね。

なにかがあった。いまはない。

〈インタヴュアー〉千野帽子

書き始めの頃

千野――最初の単行本の『完璧な病室』だけは以後の作品とちょっと違うなという感触が読者としてありました。デビュー作の「揚羽蝶が壊れる時」が大学の卒業制作を発展させて書かれた、そして海燕新人賞の締切の関係で、書きかけだった「完璧な病室」の代りに出された、とあとで知って納得しました。つまりこの二篇は作家になる前に書かれたものになります。そのあとの「ダイヴィング・プール」とか「冷めない紅茶」で、急にのびのびと書いている感じがしました。こっちは二篇とも少女小説で、しかもホラー。それに比べると『完璧な病室』所収の二篇は、小説の世界の就職試験への解答だから、少し抑えめになっている、あるいは猫を被っているのではないかという気がします。

小川――おっしゃったとおり「揚羽蝶が壊れる時」は大学の卒業制作として書いたものがベース

になっていて、これはまさに採点を受けるものでしたから、本当に試験への解答なんですね。百枚弱の作品でしたけど、それだけの分量のものを書くのも単純に初めてだったんです。だから、緊張もしましたし、自分の理想の文学というものに、手は届かないだろうけど近づきたいというので、とても肩に力が入っていました。「完璧な病室」もその流れで、編集者の方に、「受賞作以上のものでなければ載せませんよ」と耳に疵ができるくらい聞かされて、彼らのＯＫが貰えるかどうか、文芸誌に載る価値があるかどうかを必要以上に自問しながら書いたんです。二作目を書いて、試験をパスしたというわけではないんですけど、初めて自然に自分のいま書きたいものを書こうと思えるようになったんです。

千野——「自分の理想」というときに、特定の作家や作品が念頭にありましたか。

小川——とくに具体的にはありませんでしたけど、やっぱり村上春樹とその作品は、自分が歩こうとしている道の前をすでに歩いている大きな存在としてありました。その足音をどこかでつねに聞いていたという感じです。

さらにその一世代前を大江健三郎が歩いていて、彼が若くしてデビューしたときに書いた『死者の奢り』とか『飼育』という作品が、自分にとって非常に輪郭のきっちりしたものとしてありました。

千野——大江さんの名前で一瞬意外に感じたんですけど、『死者の奢り』の設定なんかは小川さんに通じる気がしますね。不思議な商売が出てくるところとか。

小川——極論すれば、『死者の奢り』はあの不思議なアルバイトのことを書くことが作品のすべてとも言えますよね。結局、生きている人間と死んでいる人間の境目をさまよったその軌跡をなんとか残せないかということが文学の出発点なんだと思います。とりわけ若いころには、その境界線は大きなものとしてあって、それを教えてくれたのがわたしにとっては村上春樹や大江健三郎だったんです。

千野――村上さんがデビューした直後に早稲田大学に入学されたわけですが、そのことは意識してましたか。

小川――学校がどうこうということはまったく意識しませんでした。ただ、彼の文体とか物語の作り方なんかは、一読者としてではなく、不遜な話ですけど書き手としてこれはお手本になると思ったんです。村上春樹ならどう書くかと考えると、いろんなことがスムーズにわかるという意味で意識しましたね。そういう作家は初めてでしたから。

千野――大学では「現代文学会」というサークルで読書会に参加なさっていたそうですが、そのとき読んだもので印象に残ったものはありましたか。

小川――そう言えば、一年生の春にサークルに入って、最初の読書会で扱ったのが『死者の奢り』でした（笑）。もちろん『風の歌を聴け』もやりましたし、高橋和巳の『悲の器』とか中上健次の『十九歳の地図』とか三島由紀夫の『橋づくし』……日本文学からブラッドベリなどのSFまでいろいろやりましたね。

千野――『密やかな結晶』はオースターの『最後の物たちの国で』や筒井康隆の『残像に口紅を』、ヴィアンの『うたかたの日々』などいろんな小説を想起させる作品ですけど、たしかに『華氏451度』も思い起させますね。

小川――いま挙げられた作品は、すべてわたしにとって大事なものばかりで、まさに『密やかな結晶』を書いているときに手の届く範囲にあったものです。もうひとつ、ブローティガンの『西瓜糖の日々』をつけ加えれば、完璧です（笑）。

主役は〝空間〟

千野――デビュー作から最新作『博士の愛した数式』まで、親子ではない年齢差のある人間関係をしばしばお書きになってます。語り手はつねに年下で、年長者は変りものとして描写されます。たとえば「揚羽蝶が壊れる時」のおばあさんや『密やかな結晶』の（プラス方向の変りものとしての）包容力溢れるおじいさん、また『ホテル・アイリス』は、「わたし」との関係というよりは翻訳家とその甥の関係がそれに相当するかもしれません。それから『沈黙博物館』の老婆、『貴婦人Aの蘇生』のユーリ伯母さん……独特の疑似孫関係ですね。

これだけ繰り返されるというのは、こういう関係がプロットを作る上で発想の源になっていると思います。

小川――やっぱり、ごくありふれた相応しい年齢のもの同士の恋愛とかふつうの血縁による親子を思い浮かべると、それだけですごく想像力が窮屈になる感じがしてしまうんです。それはひょっとすると、わたし自身が歩んできた人生がとくにそういう方面で屈折もせず平凡な価値観しか持ちようがなかったからかもしれません（笑）。

人間と人間の関係を描こうとするとき、それさえ見つかれば書き出せるというなにか試薬めいたのが一粒いるんです。それはたとえば「ドミトリイ」だったら、寮の先生の肉体的な欠陥であったり、『博士の愛した数式』であれば数字であったり、『ホテル・アイリス』の翻訳家であればSM的な性愛であったりするわけです。ジャンプの前に屈むように、つねに待機はしているんですけど、そこで踏み切るためには、なにかひとつ出会いがないと駄目なんです。そして出会いはまったくの偶然なんですね。どこかに行けば、必ずそれが落ちているというものではない。その都度偶然の出会いがあって、ここまで書いてきたわけですけど、その結果として、いま挙げていただいたような共通項が出てくるというのはとても面白いことですね。

千野――すでに多くの指摘があると思いますけど、小川さんが好んで取り上げられる空間があります。図書室や博物館や温室、つまり通常の生活や仕事が営まれる場所ではない特別な場所です。そこはおおむね、物が商品性や有用性からいったん切り離されて集められる場所です。小川さんの作品はそういう空間がまるで主役みたいですね。

小川――先ほど人間と人間の関係を描くという言葉を使いましたけど、正直に言えば、ほとんどの小説も、最初に頭に浮かんでくるのは、人間ではなくて場所なんです。博物館や病院や島といった場所がまず決まって、そのあと人間がその場所から生えてくるようにして登場してくるんです。つまり、頭の中の場所をじーっと観察していると、だんだん人間が現れてきて、またその人間を観察していると、彼らのちょっとねじれた関係といったものが見えてくるんです。

結局、その関係も場所に起因するものなんですね。小説を書こうとするときに、いきなり言葉が浮かんでくることはないわけです。「彼のことを、私と息子は博士と呼んだ。そして博士は息子を、ルートと呼んだ」という文章が映し出されるのではなく、玄関で老人が少年を出迎えていて、そこには西日が当たっていて……という映像がまず頭のなかに浮かんで、それを紙の上に書き写していく、その作業の繰り返しなんです。ですから、場所を生々しくより具体的にイメージするために、標本室とか博物館といった輪郭のはっきりした場所が必要になるんです。

千野――標本室や博物館といった場所では、空間や時間の出自を異にするさまざまな物が置かれています。ひとつの時空の中に、他の時空を折り畳んだ物が輻輳して存在しているこういう空間をフーコーは「ヘテロトピア」と呼んでいます。『言葉と物』ではなく「他者の場所」での用法ですが。博物館などの建築物のほかにも小川さんの短篇によく出てくる国際線の機内や国際空港トランジットも、出自の異なるものがひとつの時空に納められるトポスで、ヘテロトピアと言えると思います。

小川――登場人物たちは私が作ったある場所に閉ざされているわけですが、その中の密度が濃くなってゆくにつれて、つまり彼らの異常さや狂気があぶり出されるにつれて、自分の空間の中に世界を引っ張り込もうとしはじめます。外の世界へ自分が出て行こうとするのではなく、逆に広い方を狭い方へ引き寄せる歪んだ力を発揮させるのです。

一番分かりやすい例は『薬指の標本』と『沈黙博物館』だと思いますが、弟子丸氏も老婆も、物理的に無理なのを承知の上で、標本室や博物館に、世界のすべてをおさめようとします。世界のすべて、である限り、時間や空間の出自が異なるものでなければならないのです。そうでなければ彼らは快感を得られません。しかし時に、登場人物たちも移動してみたくなる場合があります。でもその移動もやっぱり自由自在に輪郭を飛び越えて移動するというのではなくて、輪郭ごと移動したいという感じなんですね（笑）。それには飛行機がものすごくうってつけなんです。輪郭を打ち破って、まったくの未知の世界に出ていくほどの勇気は登場人物たちにはないんです。

反復される時間、失われていく時間

千野――小川さんのとりわけ長めの作品では、「わたしたちは毎日、〜していた」といった形の記述が鍵になっています。過去の、あるまとまりを持った時間に、登場人物たちが日常的に反復していた行為を、現在から回想している。その反復していた時間はあるとき終ります。だから語っている現在から見ると、その反復していた時間は「いまはもうない」時間になっている。なにかがあった。いまはない。その失われた物とか人とか反復の時間を、とても大事なものとして提示している感じです。

たとえばロードノヴェルだと、こういうことがあった、ああいうこともあったと、その都度の事件が一回だけ起こったからこそ重要なものとして語られるのにたいして、小川さんのばあいは個々の事件よりも、反復状態のほうを明らかに重視しているように見えます。

小川――それはひょっとしたら、わたしが物を書く根本に関わっていることかもしれません。まず、わたしの小説が、物語を時間の流れに則って語るようにならないのは、さっき言った映像を写し取るという方法と関係があって、というのも、頭の中に浮かんでいる映像は静止しているわけです。映画みたいにコマが流れていかない。だからこそ、それを写すこともできるわけですけど、流れというよりは結晶のようなものなんですね。それを小説の中に、ころりころりと入れていくんです。ですから、わたしは情けない話なんですけど、この小説のストーリーを説明してくれと言われると、とても困るんです（笑）。

いま現在に、ある反復のあった大事な時間が失われているという感覚をなぜわたしが偏愛するのかと言うと、キーワードは洞窟ということだと思うんです。どこかに洞窟があって、そこにはすでに物語が刻まれているんです。でも、その物語を解読することはできない。はるかな昔にほとんど人間の起源と言ってもいいような存在が、まず洞窟になにかを刻んだんですね。作家という存在はその洞窟に苦労してでかけていって、そこに刻まれたもはや意味の失われてしまった暗号のようなものを自分なりに解読して読者に提示しているというイメージがあるんです。はるか昔の、もはや誰ひとり記憶していない、しかしたしかに存在した遠い過去の物語を、小川洋子という媒体を通して提示しているわけで、その意味ではそれは現在にあるんだけれども、もうすでに失われているものでもあるわけです。だから読者に、自分はもう失われてしまった物語をいま読んでいるのだ、という錯覚を起こさせる小説をわたしは書きたいんですね。

千野――この構造が多くの小川さんの作品を支えるものだという感じがしました。取り戻せない時間のありようを書く上で、とても有効なフォーマットの一つだと思います。

小川――結局、人間は誰でも自分の起源を知らずに生まれてきます。自分がどこから来たかということを知らずに生まれてくる、生まれた瞬間からすでに大きな欠落を抱えている。もっとも重要であるはずの起源を、まさに欠落させたまま生まれてしまうというところから、小説は生まれるという気がするんです。起源の手触りを少しでも摑むために物語は必要なんだと。そのために、作家は洞窟へ行くんです。

千野――ある時間の中で反復があって、その時間自体はもう失われてしまっているという感覚ですが、じつは小川さんを語る際に欠かすことのできないアンネ・フランクの『日記』にそういう側面がある。「わたしたちの平均的な一日のことを書きましょう」という箇所がありますね。通常、日記はその日あったことや、そのとき自分が考えてたことを書くとされてるわけですけど、アンネのばあい途中から資料として残すことも考えていたせいもあって、どの一日というわけでなく標準的な一日について敢えて書いてみた。平均的にこの時間だとこの人はこういうことをしているということが書いてあって、それが日記というよりは小説に近い読後感をもたらします。通常の日記より作為的ですが、はるかに読者が状況を理解しやすい。

小川――出来事を時間の流れに沿って書くのではなくて、彼女はある場面として書いていますね。いちごジャムを作るのに、誰がどういうことをして、どういうことを言って、それにたいしてどう答えて、そのとき窓の外ではこんな風景が見えて……ということを物語の一場面のように書いています。時間の流れのなかに、ときどきステージがあって、そのステージの上で起こっていることを描写するように書いているんですね。これは本当に作家の書き方だと思いました。

千野――『日記』はアンネがキティ（アンネが愛読していた少女小説の登場人物）に出す手紙の形をしていますね。

小川――まさにそこなんです。『アンネの日記』が単なる少女の日記ではなく、文学となっている点というのは、まずキティという架空の存在に語っているところです。それから、隠れ家に隠れる前に親友の女の子に手紙を書く約束をしていて、でも親友はアンネの隠れ家を知らないから返事を書けないだろうということで、手紙を二通書き、二通目は「お返事ありがとう」と返事をもらったかのように書きますね。

千野――あれは印象的ですね。『偶然の祝福』のなかの「キリコさんの失敗」で出てくる万年筆の話はやはり『アンネの日記』へのトリビュートでしょうか。

小川——アンネが痛んだ豆といっしょに間違えて万年筆を焼いてしまって、万年筆に捧げる文章を書くというのは、一番好きなエピソードなんです。字を書く道具が燃やされてしまう、でも、唯一のなぐさめはそれが火葬に付されたことだというんですね。自分も死んだら火葬にしてほしいからと（叶えられなかったわけですが）。それから、ポール・オースターのエッセイで、ある日お父さんに大リーグの試合に連れていってもらって、練習のときに、自分のすぐ近くを有名な選手が通りがかったにもかかわらず、鉛筆を持っていなかったためにサインを貰えなかった、それ以降自分はいつでもどこでも鉛筆を持っていくようになり、そして作家になったというのがあるんです。作り話だと思うんですけど、いい話ですよね（笑）。そういうものを書きたいというのがありました。

千野——『偶然の祝福』ですが、小川さんの作品で語り手役が職業作家であるのは珍しい。しかも彼女は書くことにひどく難渋しています。だから、あの万年筆のエピソードが重要なものとしてあったんですね。

小川——『偶然の祝福』を書いていたときは、自分でもちょっと方向を見失っていて、本当に書くことがしんどかった時期でした。だから、アンネのエピソードやオースターのエッセイみたいに、書き手としての自分を鼓舞してくれるようなエピソードをとにかく引っ張ってきて書いたという感じでした。

千野——そのあとに出たふたつの長編、『貴婦人Aの蘇生』と『博士の愛した数式』というのは、一種双子のような関係にあるようです。まず、過去にしか生きられない年長者が出てきます。ユーリ伯母さんと博士です。彼らはやがて去っていく人として出てきます。一方は亡くなりますし、一方は施設に収容される。語り手は、彼らの世話をする女性です。語り手にはそれぞれ大事な男の人がいて、それは語り手の支えを必要とする人です。しかしやがて、彼らは語り手を介さずに年長者と結びつきます。そして彼らは最終的に語り手から自立するんですね。ニコは治療のために入院しますし、ルートは教師になります。あと重要なのは、最初、語り手たち三人の関係を邪魔する異性（年長者にとっての）が出てくるんですけど、その人は最後にはどこかで彼ら三人の関係を認めるんです。どちらも最後はポジティヴな別れとなっていて、これはやはり『偶然の祝福』を通過したあとの小川さんの位置を示す双子のような作品ですね。

小川——いまお話をうかがっていて、本当にびっくりしました。こんなに似かよった作品を書いたということに初めて気づきました（笑）。たしかにきれいに対称的ですね。このふたつの作品を書くときに、わたしは初めてと言っていいくらいだと思いますけど、ユーモアということを意識したんです。それまでは、あまりユーモアは重要な要素ではなかったんですけど、『貴婦人』と『博士』に関しては、ある種のユーモアを意識して書きました。ですから、『偶然の祝福』を突き抜けて、ちょっと笑いたい気分になったのかもしれないですね。

千野——以前の作品だと、どちらかと言えばブラックな笑いがあったと思うんですが、この二冊の笑いなら、世間的にも許されそうですね（笑）。

小川——それから、登場人物たちが親密に心を寄せ合うということも、これまでの作品にはあまりなかったことです。

千野——あと、この二冊は珍しく話の年代が特定できるように書かれています。『貴婦人』だと一九八〇年頃、『博士』は九二年。

小川——それはひとつには、物語が語られる空間を、博物館や病院といった場所ではなくて年代によって、輪郭のはっきりした場として作ろうという意識があったんですね。

文学とは最も離れた場所に文学がある

千野——ある時期からその『貴婦人』の前まで、実在の固有名をあまり出さない時期がありますけど、やはり意図的にコントロールされているんでしょうか。

小川——そうですね。とくに『沈黙博物館』では意識しました。

千野——架空のものも含めて人名や地名もないあの作品のなかで、現実にたいするフックとしてあるのは『アンネの日記』とそのなかから引用される「一九四四年二月十七日」とかの年号だけで、そこだけ異質な感じを意図的に作ってる感じがしました。

小川——『アンネの日記』ならば、あのなかに出てきても許されるだろうという確信があって、意図的に固有名詞としてあれだけは入れました。あの話は博物館という輪郭のはっきりした空間があり、もうひとつその外に村というやはり輪郭のある空間があるので、かなり綿密に風景とか社会・経済システムを考えて、自分なりに地図を描いたりしてひとつの村を作るということを楽しみながら書きました。ですから、その際に妨げとなる固有名詞をできるかぎり排除したんです。

千野——その小説の作者がオリジナルで作ったのではない既存の固有名（実在の固有名および既存の虚構の固有名）、それから「摂氏」とか「マチコ巻き」みたいに既存の固有名が普通名詞になったもの、こういうのを小説から排除する発想は十九世紀にはなかったものなんです。

たぶんそれを最初に意図的に排除したのはカフカだろうと言われていて、『城』『審判』には「ギリシアの」「イタリアの」といった形容詞や派生語は出てくるんですけど、地名自体は出てこない。ただ『城』と『審判』にそれぞれ一箇所ずつぽこっと「南仏かスペインかどっかに行かなきゃ」（登場人物の台詞）とか「南イタリアから来た」（地の文）とか出てきたりするんです。それがすごく浮いてて「なんだこりゃ」って感じで、いい意味で思わせぶりだったりする。

そんな感じで、『沈黙博物館』のなかで特権的に『アンネの日記』が出てくることは、そこに意図的に仕掛けられた破れ目みたいなものを感じます。『ホテル・アイリス』の海はサン・マロを意識したのにサン・マロと瀬戸内の海が混ざってしまったなんてエッセイで書かれてましたけど（笑）、作中では「ロシア」がここから遠いどこかを表す言葉として特権的に出てきます。ほかにも「ドミトリイ」の「スウェーデン」とか、その作品の臍のような固有名詞があって、そこから現実がぎらっと顔を覗かせているように読める。

小川――それは単純に言えば、いかにわたしにとって「ロシア」と「スウェーデン」が遠い国であり、現実のそれとして捉えられていないかということですね（笑）。

千野――そこで「ロシア」とか「スウェーデン」といった語がなにを指し示すかということとはべつにその響きとか形がぴったりはまっている気がします。言葉の手触りみたいなものを考慮して慎重に選択されていると思いました。

小川――ひとつひとつの言葉が持っている宿命みたいなものにはつねに敏感でありたいなあと思っているんです。

千野――さっき『うたかたの日々』の名前を出しましたけど、『偶然の祝福』に出てくる「涙腺水晶結石症」という病気は創作ですよね。

小川――はい、そうです（笑）。

千野――これは先に言葉があったわけですか。

小川――最初に犬を病気にしようというのがありまして、その病気の名前さえ決まればこの短篇は書けるというところまで辿りついて、出てきた名前でした。

千野――「森の奥で燃えるもの」に出てくる耳の「ぜんまい腺」は。

小川――それはどうだったかちょっと覚えてないんですけど、ひょっとすると実際にあったものかもしれません。『家庭の医学』を読むのが好きだというのはそういうことなんですね。自分の日常では使わないんだけど、とてつもなく魅力的な言葉というのが載っているんです。

千野――「友愛数」といった実在する数学用語もその類になるわけですね。

小川――そういう魅力的な言葉にひとつでも出会えれば、小説は書けるんです。

千野――医学や数学には魅力的な言葉が多いですね。

小川――一見文学とはもっとも遠く見える世界に、もっとも文学的な言葉が隠れていたりするんです。それを『博士の愛した数式』では強く実感しましたね。小説って本当に面白いなあと思うのは、小説は気取って言えば、人間の孤独や哀しみ、男女の恋愛の切なさを書くということになっているらしいんだけど、実際に書く現場では「哀しみ」や「孤独」という言葉が作家に想像力を与えてくれることはいっさいなくて、「友愛数」や「涙腺水晶結石症」というなんら人間の孤独と関係なさそうな言葉が小説的な想像力を駆動させてくれるんです。

〝観察者〟からの〝報告〟

小川――さっき言ったように、物を書いているときのわたしの立場というのは、観察者なんですね。頭のなかに自分が思い描いている場面を書き手として書くというよりは、理科の実験で顕微鏡を覗いているみたいな感覚です。ただ、観察者としては、ものすごく注意深く観察していますから、そこにあるものがなんの変哲もないただのものであるということはないんですね。ただのものであったら、話も進まなくなってしまいますし、手触りとか匂いとかなにかしら書かれるべきところがあるわけです。もっと言えば、そこにあるものがどういうものであるかということは、メインのストーリーとはまったく関係ないのかもしれないけど、観察者としては見逃せないということなんです（笑）。でも、結局、そういう細部こそがストーリーを動かしてくれるんです。メインのストーリーは、もう洞窟に書かれていることでもありますし、わたしにとってはいわば無意識の状態に近い。わたしが意識してすることは、メインのストーリーからこぼれおちていく細部をできるだけ細かく観察し拾い上げていく、それだけなんです。それで気がつくと、ストーリーらしきものが小川から河となって流れているわけです。

千野――観察者というのは、語り手の視線で見るということでしょうか。

小川――小説のなかの語り手とは違います。小説の場面は頭のなかにはっきりとあるんですけど、そこで書き手の自分はどこにいるのかと言ったら、やっぱり洞窟のなかにいるんです。その洞窟の世界と、小説のなかの島や村や病院という世界は完全に位相が違っているんです。

千野——なんでこういうことを訊いたかと言うと、小川さんの語り手役の人物は、作中で行動するよりもなにかを観察するということのほうが多いわけです。観察される人は、さっきも言ったようにちょっと変った人が多くて、なおかつ語り手は台詞でも地の文でもその観察対象の変人ぶりにほとんどツッコミを入れないんです。

小川——（笑）

千野——すると、読者としては語り手との同一化が妨げられるんですね。基本的に、十九世紀までの小説は読者を視点人物に同一化させる方向で発達してきたわけですから。それをしなくなったのも、大きくはカフカ以後。第一次大戦あたりでなにかあったのかもしれません。「お料理教室」で、目の前で先生がゴミ人参を拾って鍋に入れるのを語り手が見ちゃってるシーンがある。読者は語り手にたいして「とめろよ！」と思うわけです。ふつうそこはツッコむところだろと（笑）。じゃあこの語り手はそういうのが平気な人かというとそうでもなくて、ラストでは、ゴミ人参入ってたらいやだなあとか思っている。これは不思議な距離感ですね。小川さんの観察者はある意味、観察対象である変人以上に、読者にとって気を許せない人物です。

小川——語り手に観察者としての役割を負わせることで、観察者と被観察者が対立せずにすむ、ということはあります。「そんな人参食べられませんよ」と言ってしまったら、先生の立場はありませんよね。一応、お料理の先生なんですから。観察者は、批評家ではなく、庇護者です。対立ではなく、徹底した受容を描くことで、より被観察者の存在が鮮明になるのです。

千野——物語というのは形式としては報告なので、常識的な規範から逸脱している対象のほうが語られやすくなる。これはシュタンツェルが言っているんですけど、オースティンの『分別と多感』という性格の違うふたり姉妹の話では、多感なマリアンの言動を、分別のあるエリナ側の視点から提示することが多くて、物語というものはついそうなっちゃうって言うんです。それが小川さんの作品だと、派手に逸脱しているのは博士であったり、ユーリ伯母さんだったりするんだけど、では語り手に分別があるかと言えば、必ずしもそうでないところが面白い。語り手は語り手でけっして読者から理解される存在ではない。

小川——語り手も観察者として、独自の逸脱や偏向を持っているんですね。

千野——先ほど洞窟に書かれた起源としての物語を作家は読み解くとおっしゃったわけですが、それは言い換えると、起源の物語というよりは起源が失われたという物語を作家は広めるのだと思うんです。それはたしかに誠実な行為ではあるんだけれど、見方を変えると、起源の謎をあるべつの謎へただ変換しているだけとも言える。その限りでものすごく悪意のある行為にも見えるわけです。小川さんのなかで、観察者なり書き手のそういう部分での善意と悪意のバランスというのはどのようにお考えですか。

小川——さっき言われた「物語は報告である」という言葉がとてもしっくりきたんですけど、たしかにわたしは洞窟での解読作業をずっと読者に報告してきたわけですね。その中で「妊娠カレンダー」のように、わかりやすく悪意を描いた作品もありますけれども、善意を描いたかのように見える『博士の愛した数式』でも、やっぱり人間は記憶をあらかじめ失って生まれてくるという欠落を解決しないで、ただ違うかたちに変換しただけなんです。洞窟に書かれた謎を解読はしているかもしれないけど、解明はしていないわけです。また、そのことをわかっていてやっている（笑）。そこにはやっぱり確信犯的な悪意があるでしょうね。

千野――「起源がないのはわかってるけれども、人はついそれを求めてしまうんだ」ということをお書きになっている気がします。

小川――それはなけなしの善意なんでしょうか（笑）。起源を求めてしまうのは、つまり死後どうなるかわからないという不安からだと思うんです。死を考えてしまうと起源をつい求めてしまう。ただ、みんな答えなんてないということはどこかでわかっていると思うんです。でも、そこに作家がどんどん解読の成果を突きつけてくるので、ついフラフラと答えを求めてしまうのかもしれません（笑）。

入れ子構造の小説

千野――近年の作品では、ある小説に出てきた題材がべつの小説でリプライズされる傾向が見られます。たとえば『刺繍する少女』の「ケーキのかけら」で、助教授の伯母が王女様を自称するわけですが、その時点ですでに皇女アナスタシアが念頭にあったんですか。

小川――そうですね。『偶然の祝福』にも「蘇生」という短篇がありますね。それについては、すごく下世話な話になってしまうんですが、いろんな出版社の方に、どんどん書くように言われて、どんどん書かなければいけない状況に追い込まれていって、作品と作品の間のスパンが短くなった結果、いろいろと前の小説のなにかを引きずりながらやるようになっていったということだと思うんですけど。

千野――読者としてはお得感ありますよ。また会えたなというか、こっちだけ読んでる人には、前の作品も含めたこの面白さはわからないだろう、とか。

　例を挙げると、「バックストローク」は『まぶた』所収の短篇だけど、『偶然の祝福』のなかで同様の小説に言及されている。作中では『バックストローク』という単行本で出たことになっている。先に『まぶた』の短篇「バックストローク」を読んでから『偶然の祝福』を読むと、『偶然の祝福』では語り手である作家が人の体験談をパクってその話を書き、しかもじつはその話してくれた人も外国作家の『BACKSTROKE』という本でその話を読んでたらしいことがあとでわかる、ということになっていて、併せて読むと凝った仕掛になっている。話をしてくれた人は『BACKSTROKE』から抜け出してきた登場人物なんじゃないかとも考えましたが、とすると登場人物がべつの作家に盗作を示唆するなんて初期のロベール・パンジェが書きそうな話です。あと『寡黙な死骸 みだらな弔い』の連作だと、前の短篇が次の短篇中に入れ子になって出てきますね。

小川――もともと人の作品で、入れ子構造の話を読むのはすごく好きでしたね。短篇が先にあって、しばらくしてそれが長編に膨らんでいくばあいでも、短篇を書いた時点でそれはそれとして完結しているんです。

　ところが、新たに長編を書こうとしたときに、ふとその短篇がまだ休火山のマグマのようなものを孕んでいるのに気づくということがあるんです。それが盛り上がっていって、ごく自然に長編になっていくんですね。『寡黙な死骸 みだらな弔い』は最初から意識的にああいうかたちにしようと思って書きましたけど。

千野――それはすごく大変だったんじゃないですか。

小川――大変でした。月二回締切がありましたし（笑）。でも、時間もなくて切羽詰まっているんですけど、とにかくワープロの前に座っていさえすれば、なにかしら出てくるんですから、不思議ですよね（笑）。

千野――いまもワープロ専用機をお使いですか。

小川――もう、コンピュータで書いてもいいんですけどね。でも、まだいちいちワープロで書いて、それをWordに変換してメールで送っているんです（笑）。

千野――じゃあ、書くときは文豪の原稿用紙フォーマット。

小川――そうなんです。いまのワープロが壊れたら、コンピュータを使おうとは思っています。既に、急にディスプレイが暗くなったりして、壊れそうなんですけどね（笑）。

千野――壊れたらそれをネタにして、一本小説が書けますね。かつてワープロというのがあって……いまはない。

小川――（笑）。でも、以前大学病院の秘書室に勤めていたときに、タイプライターを使っていたんですけど、その当時もう壊れると部品がなかったんです。一番よく使う「t」とか「s」が欠けちゃったりすると、メンテナンスの人がどこかから「t」とか「s」だけの棒についた活字を持ってきて入れ換えたりしていたんですが、その光景は事務的な作業であるにもかかわらずとても好きでしたね。

千野――物質化した言葉をじかに触っているわけですね。

小川――当時はまだ和文タイプも使っていたんですけど、よく活字をひっくり返しちゃう人がいたんです。そうすると、またそれを拾い集めて所定の場所に入れていくということをよくしましたね。ばらばらになってしまった言葉たちをあるべき場所へ返すというその作業もけっこう好きでしたね。

千野——その、活字をよくひっくり返しちゃう人にも、ツッコミは入れなかったんですね（笑）。

第5章　小川洋子のつくり方

Chapter 5　Making of Yoko Ogawa

◎「小説の生まれる場所」

2016年12月3日、関西大学梅田キャンパスにて行われた講演（日本文学振興会主催「人生に、文学を。」オープン講座）を収録。

◎「小説の不思議」

2021年3月6日に行われた大阪文学学校　特別講座（zoomにて開催　司会・進行：葉山郁生〔作家・文芸評論家、大阪文学協会代表理事〕）を収録。

◎「私が新人作家だった頃」

2017年7月5日、大阪芸術大学文芸学科にて行われた特別授業を収録。

小説の生まれる場所

＊　＊　＊

今日は拙著『ことり』を読んでこなくちゃいけないという面倒くさい講座にお申込いただいて、ありがとうございます。ただ、小説をどう読むかというのは、当然ながら皆さんお一人お一人の自由であって、作者があれこれ口を挟む問題ではありませんし、たとえ私が意図したことを真逆にとられたり、あるいはちょっと見当違いだなと思うような意見がぶつけられたとしても、作家はそれに反論したりがっかりしたりする必要はまったくないというふうに、私は考えております。

実際この『ことり』についても、こういうことがありました。編集部に男性の読者の方から電話で、「このお兄さんという人は住んでいる街から出たことはない、と書いてあるけれど、弟と一緒にあちこち旅行しているじゃないか。訂正した方がいいんじゃないか」という問い合わせがあったらしいんですね。それを聞いた時に、「それ、誤読です」って切り捨てることができなかったんです。「ああ、この読者の頭の中では、あの兄と弟の架空の旅行がとてもリアルな記憶として刻まれているんだなあ。それはあの兄弟にとっては幸福なことなんじゃないかな」と思ったんです。むしろそういう風に読んでいただいてありがたいという気持にさえなりました。

ですから今日のように作家本人が出てきて自分の作品について何か語れることがあるとするならば、それはこの『ことり』という小説の一行目が書かれる前に何が起こったかという、ただそれだけなんです。小説が生まれる以前の場所。そこにひととき考えを巡らせることによって、もう一歩文学に深く踏み込むきっかけを作ることができたら、自分の話がそういう役目を果たしてくれたらと願っています。

『ことり』の出発点

『ことり』という小説は、ざっくり言ってしまえば、コミュニケーションの問題をテーマにしていると言えるかもしれませんが、しかし最初からそういったテーマが頭にあったわけではないんです。そういう風に都合よくまとめられるような言葉が浮かぶというのは、『ことり』に限らずこれまで書いてきた小説において一度もありませんでした。

じゃあ『ことり』のスタートは何だったかと言うと、それはテレビで見たあるシーンだったんです。ローカル局でやっている夕方のニュース番組で、たぶん和歌山だったと思うんですが、山の中の資材置き場のような殺伐とした空き地で、密猟したメジロをこっそり持ち寄って鳴き声を競わせる、「鳴き合わせ会」を隠し撮りした映像が流れていたんですね。メジロは野鳥なので個人が飼うことは禁止されているんですけれど、その目をかいくぐって、そういう「鳴き合わせ会」が各地で行われているそうなんです。四、五十人ぐらいの男の人たちが小さな竹籠を持って広場の真ん中に集まり、一対一のトーナメント形式で対決するわけです。籠には布を被せてあります。直前まで鳴かさないように、喉を休めるためなんですね。そうして「いざ！」というときにその布をバッと取って、対決が始まります。布をバッと取って腰のベルトにそれをキュッと引っ掛ける。そういう様式美が出来ているんです。そこでメスの地声に似せた音の出る竹笛を吹きながら、メスがそこにいると勘違いさせるんです。

おじさんたちがステップを踏みながらその竹笛を吹く。すると腰にぶら下げた布がブラブラ揺れる。そういう風にメジロは人間に強要される形でさえずるわけです。そしてそのさえずりの回数とか長さ、声の美しさを競い合うんです。大会本部のテントのなかには模造紙に手書きのトーナメント表が貼ってあって、賞品の一升瓶が並べてあったりする。それは小説に出てきたとおりなんですけれど、とにかくその隠し撮りされた映像が、言いようもなくいかがわしくて不穏な空気が満ちている。それが法律を犯してるというういかがわしさとはちょっと違うんです。自分の掌に収まるような、何かか弱くて、自分の意思ひとつで簡単に命を左右できる、そういうものを意のままに操る人間の征服欲みたいなものが満ち満ちていて、その中で何も知らずにメジロが健気に懸命にさえずっている。

今から振り返れば、このニュースを見たことが『ことり』の出発点だったなと思います。ただそのニュースを目にした時点では、それを小説に書きたいと思ったわけではなくて、なんだかちょっと無視出来ないな、という変な手触りのようなものが掌に残った状態でした。

で、そのメジロのニュースとは全く無関係に、河出書房新社の『文藝』という雑誌から、誰か話したい人がいれば、という対談のオファーがあったんです。その時、手元に岩波科学ライブラリーのシリーズで「ハダカデバネズミ」を扱った巻があったんです。「ハダカデバネズミ」って、すごく面白い生き物なんですね。裸で、出っ歯で、毛がないネズミ。すごくかわいくて面白いなあと思って、その著者である研究者の岡ノ谷一夫先生と対談したいと言ったんです。その時『文藝』の編集者が「でもいちおうウチは文芸誌なんですけど……『ハダカデバネズミ』ですか……」とすごく不安そうな顔をしていたのが忘れられないんですけれど、でも私は「心配無用です」とはっきり言いました。文学は懐が深いですから、ハダカデバネズミでも悠々と受け止めてくれるという自信があったんです。岡ノ谷先生の本を読んでみますと、案の定、生物進化学の方面から言葉の起源を解明していて、まさに文学の根源にかかわる研究だったんですね。

それで当時先生がいらした和光市の理化学研究所にお邪魔して、ハダカデバネズミを抱っこさせてもらったりして最初の目的は叶えられたんですが、ちょっとついでにという感じで、「僕のもうひとつの研究対象の方もご案内しましょう」と連れて行ってくれた部屋にジュウシマツがいたんです。この『「つながり」の進化生物学――はじまりは歌だった』(朝日出版社刊。講演参加者には併読本として提示されていた)をお読みになった皆さんは、もう十分ジュウシマツという、あのか弱い、人の手で餌を与えてもらわなければあっけなく死んでしまう小さな鳥が、いかに賢く生きているかということが、よくお分かりになったかと思います。

まず彼らは、求愛のための歌を、本能で生まれつき歌えるわけじゃない。ちゃんと勉強する。実験のために雛を故意に親から引き離して、無音室で育てると、一切さえずることができないそうです。つまり、子孫を残すという本能的な、もっとも動物にとって大事な、本能に根ざしている行為を後天的に学ぶということ。これはすごいなあと思うんです。しかも、日々技術を磨いて向上させているんですね。

小鳥は努力する生き物なのです。ジュウシマツは一羽一羽、各々違った歌を歌う。それで本番は自分の気に入ったメスが現れたとき、そのメスの前で歌うんですが、いざというときのために、自分の歌のレベルが落ちていないかどうかを時々チェックするんです。ケージには何羽も一緒に飼われているんですけれども、練習の時間が必要ですから、静かな時間の奪い合いになるわけです。ケージの隅っこを奪い合うんです。つまり彼らは孤独を求める動物なんですね。彼らには孤独が必要である。

ジュウシマツにじっくり接して初めて、彼らの魅力にノックアウトされた気がしました。この本にも出てきますが、「パンダ」と名付けられたジュウシマツ、先生が実験用に飼育したうちで最も複雑で精緻な歌を歌う鳥です。その域までいってしまうと、それほど見事な歌をメスの前ではもう歌わなくなるっていうんですね。目的が失われちゃってるわけです（笑）。歌のために歌う。自分ひとりのために歌う。生殖ではなくて歌そのものの美を追求しだす個体が現れる。

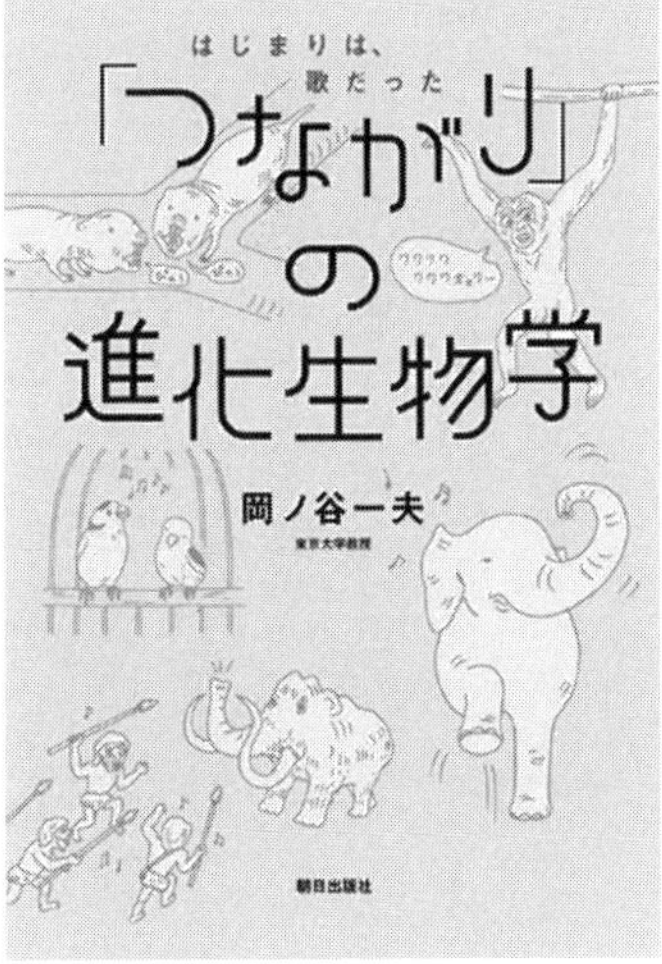

『「つながり」の進化生物学
——はじまりは、歌だった』
（岡ノ谷一夫著　朝日出版社刊）

「ああ、芸術の起源ってこういうところ

にあるんじゃないかな」と思いました。芸術に目的がないのはこういうことなんじゃないか。あるいは〝天才の起源〟といいますか、ジュウシマツの話なのに、すべてが人間に戻ってくる。言葉を持たない、歌を「歌」と名付けることさえできない小鳥が、なぜその歌のために、学んだり、努力をしたり、孤独を味わったり、芸術を生み出したりできるのか。

進化の別れ道で人間だけが唯ひとり言葉を獲得する道を選んだわけです。岡ノ谷先生の研究に出会ったことによって、小鳥という存在を「言葉を持たない者」としてではなくて、言葉を持った人間が、それと引き換えに失ってしまった何かをもっているもの、それを失わずに持っている者として見るようになったんです。

言葉の存在しない場所

怪しげな男達に捕らえられて、交尾できる希望もないのに、美しい声でさえずるメジロ。求愛のために一生懸命歌の練習をするジュウシマツ。これら小鳥との偶然の出会いによって、この時点で薄っすらと「お兄さん」の像が浮かび上がってきました。ですがそれは物語の最初の扉の前に立ったというだけで、一行目を書くまでにはまだまだ長い道のりがありまして、まあいくつ小説を書いても、このあたりの行程をうまく乗り切る方法はなかなか見つからないんですけれど、そこにまた偶然が訪れます。

ふと、またしてもテレビを見ているときだったんですが、ＮＨＫに『クローズアップ現代』という番組がございます。その番組で、ワシントンにあるスミソニアン・アメリカ美術館で開催された、ある展覧会が紹介されていました。

「The Art of Gaman」（邦題：尊厳の芸術展）という展覧会で、太平洋戦争中に強制収容所に入れられた日系アメリカ人の人たちが、厳しい収容所生活の中で、貧しい材料を工夫して、日常の必需品を作り上げる。あるいはちょっとした楽しみのための品をこしらえる。そういうものを展示した展覧会だったんです。長い間ガレージの隅に打ち捨てられていたものを、二世三世四世の人たちが見つけて、持ち寄って展覧会をしていたんですね。クズの木材で作ったそろばんとか、表札とか仏壇。あるいは桃の種で作った指輪とか、土の中から掘り出した小さな貝殻で、それをスズランのブローチにしたり……そういう展示品の中に小鳥のブローチがあったんです。それは木屑みたいな木片を丁寧に削って磨いて色をつけたと思われる、本当に素朴なブローチです。丸っこい顔つきで頭を持ち上げて、どこか遠くを見つめているような小鳥のブローチでした。それを目にした瞬間に、それまでぼんやりした像しか結んでいなかった「お兄さん」が、小鳥のブローチを作っている場面が色濃く浮かんできたんです。その前後のストーリーはまだ何も分からないんですけれど、その時のお兄さんの背中のシルエットや、部屋の光の加減、家具の雰囲気や配置、あるいはそのお兄さんを側で見つめている人の横顔……まあ、この時点で弟の存在を初めて意識されたわけですけれど……小説の一場面として完全なものが映し出された。このとき「あ、小説が書けるな」という確信を持ちました。

そこで私の中にあったのは、小鳥のさえずりと小鳥のブローチを作っている男の姿、それだけです。働いているのは聴覚と視覚だけです。ですから言葉はありません。言葉で説明できるようなストーリーや、主題やタイトルは何もわかってない。つまり、小説が書けるという実感、小説が生まれる最初の地点に、言葉は存在してないんですね。言葉は必要ない。

これは作家にとっても不思議なことなんですけれど、言葉で書かれている小説が、言葉の存在しない場所から生まれる。たとえば何か素晴らしく面白い小説を読んだときに、それを他人に説明するのがとても難しい時ってありますよね。大抵うまくいかないと思うんです。いくら丁寧にストーリーを説明しても、「こんなにすごい小説なんだ」と言葉で説明すればするほど感動の本質からかけ離れていくような気がする。

ですから私たちは、もしかしたら言葉で書かれた小説を読むことによって、言葉が届かない場所へ行っているのかもしれないですね。言葉が必要ない場所。そういう言葉が必要とされない場所に自分の居場所を見つけるために、小説を読んでいる。

あるいは岡ノ谷先生の言葉を借りて進化生物学的に言うならば、いい小説を読むと、自分の遺伝子の中に残っている、言葉を話す以前の、進化の分かれ道に立つ以前の人間の記憶が呼び覚まされるんじゃないか。言葉を持っていなかった自分に戻れる。それを人は「感動」と呼ぶんじゃないか、と。小説を書いていると、それを実感します。

はじまりは歌だった

岡ノ谷先生は、なぜ人間だけが言葉を獲得するに至ったか、その起源を研究しておられるわけですが、「はじまりは歌だった」というタイトルにもあるように、「歌」が言葉の起源だという仮説を立てておられます。

私自身、先生のご本を読んで、「確かに人間は言葉を話す以前は歌を歌ってたんだろうな」と思い当たるフシがあって、たとえばウキウキしている時、無意識に鼻歌を歌いますよね。自分で選曲したり音程を気にしたり歌詞を思い出したりというようなことを全くしないで無意識に、気がつくと何かのメロディをハミングしている。あるいはコマーシャルでちょっと耳にしたメロディ、覚えた記憶もないのに、題名さえわからないメロディが耳について離れないということがあります。その曲が特別好きというわけでもないのに、なぜかエンドレスでグルグル頭の中を回って自分の意思で追い出せない。ちょっと迷惑する時もあります。

こういう状態について、脳神経学のオリヴァー・サックスという有名な先生が……『妻を帽子とまちがえた男』とか、『レナードの朝』というベストセラーを書いた作家でもありますけれど……『音楽嗜好症』というすごく面白い本を書いていて、その中でそういう状態を「脳の虫」と呼んでいます。「音楽のパドックに閉じ込められている」という表現を使っていて、まさにぴったりだと思うんです。

現代のように人工的な音楽が溢れている社会では、こういう適応は時に不都合だし、鬱陶しいんですけれども、やっぱり人間が狩猟採取をしていた時代、もしかしたら言葉をまだ獲得する前かもわかりませんが、野生動物がたてる音は身の危険に直結しますので、確実に何度も再生して記憶に定着させる必要があった。視覚的な手がかりに音の記憶を加えて記憶を強化していた。

現代人でも音楽を一切遮断して、五、六日間森の中にいますと、無意識に、まわりの音、小鳥のさえずりや木のざわめきや風の音や野生動物の気配がパドックで繰り返されるように頭の中で再生されるそうですね。ですから人間は自分たちが意識する以上に、実は音に対して計り知れない感受性を持っているんだな、と思います。

民俗学の柳田國男が書いていたことを思い出すんですけれど、日本全国調査して歩く中で、どんな地方にも必ず労働歌がある、というんですね。村じゅう総出で田植えをする。あるいは女性たちが機織りをする。山に狩猟に入る。そういう時に、人々が安全を願ったり、豊穣を祈ったり、神に感謝したり、みんなの心をひとつにしたりするために歌を歌う。ですから人間は言葉を獲得しても決して歌は手放さなかったということだと思うんです。

言葉が生まれた場所

私が岡ノ谷先生のこの本の中でいちばんハッとしたのは、「そもそも言葉というのは情動を載せない道具として進化した」という記述だったんですね。言葉は心を伝えないということです。言葉は情動を伝えないことによって、他人を操作しやすくなっている。つまり本心を隠すことができる。そうやって自分の利益を最大化する。「言葉は隠蔽のコミュニケーションである」と書かれていました。

たとえばラインやツイッターなど、文字だけのコミュニケーションで、ちょっとした表現でトラブルになるケースがよくあります。私も忙しいときにメールで返事をするのに「了解」とだけ打つとちょっと不機嫌な印象を与えるんじゃないかと心配になって、まあ絵文字は使いませんけれど、「はい、わかりました。大丈夫です。なんの問題もありませんよ」という気持を込めて「大変お世話になります」とか、記さなくてもいいような言葉を書いてしまいますよね。つまり「了解である」という情報をやり取りすることはできるけれど、その「了解」と言っている人の心の中は、液晶の文字には映し出されていないんですね。

ここで大切になってくるのは「人間は目の表情は誤魔化せない」ということです。実験の結果そういうことが分かったらしいんですが、これは面白いと思ったんです。人間は目のまわりの筋肉を意図的には動かせない。また、実際に怒ってはいないけれど怒ったふりはできるし、悲しんでいるふりもできる。しかし、笑っている表情は本当に心が喜んでいる時しか作れないとも言うんです。ですから役者は笑う演技をするときに、笑う顔を作るのではなくて、「感情」を笑っている状態にもっていく必要があるらしいのです。

「目は口ほどに物を言う」というのは真理なんですね。よく愛想はいいけれど、この人の目は本気で笑っていないというのがわかることがあります。これはゴリラの専門家、霊長類学者の山際壽一先生がおっしゃっていたんですが、人間ほど白目と黒目がくっきり分かれている動物って珍しいそうですね。コントラストがはっきりしているので、目に表情が出やすい。それを相手に悟られやすいということだそうです。

ですから面と向かって他人とコミュニケーションをとるときに、どうしても目の表情で相手を騙せない。だからこそ、相手を誘導して、自分に有利に事を運ぶ時、嘘をつける言葉を発明したんじゃないか、という仮説はすごく説得力があると思います。隠蔽するとか嘘をつくとか、言葉の発生にはネガティブな要素が絡んでるな、という気がします。

最初からそう意図していたのかどうかわかりませんが、実際言葉を使うようになって、人間の心は劇的に変化しますね。いちばん顕著な変化はたぶん時間の意識をもったことではないでしょうか。パントマイムでは時の流れを表現するのは不可能だそうです。昨日とか明日とかは、仕草だけではわからせることができない。

となると、それをもはや私は想像できないんですけれど、言葉を持たない動物たちは、時間の広がりのない世界を生きていることになると思うんです。ところが人間は言葉を蓄積することによって、過去を蘇らせることができる。しかも繰り返し。そして当然、未来に思いを馳せることもできる。

つまり、過去に生きていた死者に存在感を与えることができるわけです。お墓まで立てて、その人が生きていたしるしを残そうとするわけですね。すると当然、未来に必ず訪れる自らの死も意識しなくてはいけない。

これは画期的な出来事だと思います。言葉を獲得してしまったために、自分の死を受け入れざるを得なくなる。そういう死の問題と直面した時、その受け入れがたい事実を認める方法として物語が生まれたとすると、最初はもしかしたらネガティブな目的で発生したのかもしれない言葉が、人間の心の世界を押し広げて豊かにした、芸術をもたらした、ということになるんじゃないかと思わされます。

〝非論理性〟と小説

ここでもう一歩踏み込んで思い起こしたいのは、この本（『「つながり」の進化生物学』）の中で例に挙げられていたヘレン・ケラーの話です。これも印象深いです。あの有名な映画の一場面。

あそこでヘレン・ケラーが初めて自分のこの手に触れている、なにか冷たく流れていくものが、サリバン先生が掌に指で文字を書いてくれた「ウォーター」なんだ、「ウォーター」が手に流れているものなんだ、ということを理解する場面です。世界のなかの事物ひとつひとつに名前が付いている、ラベルが付いていることに初めて気づいた瞬間です。「AならばB、BならばAである」。この大発見によって、彼女はそれまで粗末に扱っていた人形を可哀想に思うようになった、というエピソードが感動的ですね。言葉を獲得することによって心の世界が広がった、ということを、ヘレン・ケラーが証明していると思うんです。

ところがそこで岡ノ谷先生が指摘していることが凄いなあと思うんですが、動物はこの「A＝B、であるならば、B＝Aである」という推論ができないというんですね。これ、最初さっと読んだときにはよくわからなかったんですけれど、「A＝Bならば、B＝A」。これは常に正しいことではないという。まあよく考えてみれば当たり前のことですよね。たとえば「先生は女性である」という命題が正しくても、じゃあ「女性は先生である」というと、これは間違いですよね。

この本のなかで非常にわかりやすい例として挙げられているのは、「テロリストはイスラム教徒である」。これが正しいからといって、「イスラム教徒がテロリストである」というのは正しくない、ということです。

にもかかわらず人間は「A＝Bならば、B＝A」、「これが鉛筆、ならば鉛筆はこれ」という理論を受け入れてしまったわけです。その誤った理論を受け入れることによって、この世のあらゆる物事にラベルを貼っていくことができた。

岡ノ谷先生は面白い表現をされてました。つまり人間は、言葉を獲得することによって、一度、本能を壊した。誤った推論が言葉を作り、その言葉を使える恩恵と引き換えに、偏見を持った。

ここで〈偏見〉の方向に話を持って行くとややこしくなりますので、〈恩恵〉の方向についてのみ考えてみたいんですけれど、本能というのは理屈に合った働きです。動物は決して理屈に合わないことはしません。子孫を残すためにつがいになる。お腹がすいたから食べる。どれも理にかなっています。ところが言葉が発生したとき、人間はその本能を一度手放した。この点にこだわらざるを得ないんですけれど、「文法」という人間が考えた理詰めの仕組みによって、自分の本心を隠し、ときには嘘をつき、相手をコントロールできる道具である、という言葉の原点で、人間は本能という最も合理的な摂理を手放している。「AならばB、BならばA」という無茶苦茶な非論理的な考えを受け入れてしまっている。

しかし、だからこそ情動を載せないはずの言葉から芸術が生まれたんじゃないかと思ったんです。なぜなら、そもそも小説には嘘が書かれています。嘘をつくための道具として進化した言葉ですから、当然、お手の物ですね。小説ならば、現実では到底ありえない設定、出来事、人物がいくら出てきても大丈夫です。言葉はもともと理論を手放したところから始まった道具ですから、もうOKなんです。私たちはその非論理的な、理屈に合わない小説に感動するんです。「こんなもの不自然じゃないか」と言って切り捨ててしまえずに、虫に変身したり、猫が喋ったり、女の子が雲に乗ったりするような無茶苦茶な話に感動してしまう。

まあ、時々こんな設定ありえないとか、リアリティがないというふうに思われる小説もありますけれど、それはたぶん小説としてニセモノだからでしょう。小説に対して好き嫌いはもちろん人それぞれですが、その小説が〈ホンモノ〉か〈ニセモノ〉かというのは残酷なほど明確に分か

ります ね。まあ、それが書いていて怖いところなんです。あるいは時にいくら親切に読んでも訳がわからない小説に出会うこともあります。しかしそれが本物の小説であれば、わけがわからなくても感動するという体験を、皆さんもなさったことがあると思います。「この登場人物の価値観は自分と全く違う」「自分なら絶対こんな生き方はしない」という人物にも感情移入することができるんです。「訳がわかる」というのは、つまり理屈が通るということです。自分の価値観とフィットする。

ところがここまでお話してきた通り、小説は本来「理屈」から開放されたものですから、訳がわかる必要はないんです。むしろ訳が分からないほど面白い。

小説を読んでいる間は「考える」ということから自由になるべきだと思います。自分の価値観と全然違うタイプの登場人物が出てきたときに、自分とは違うという理由だけで切り捨てたら、それはなんとつまらない読書体験でしょう。むしろ小説を読むことによって、自分の価値観、人生観、もっと言えば、自分自身を解体できるということですね。これは大切なことだと思うんです。考えてわかるということも人間にとって必要ですけれども、考える以前に訳も分からずただひたすら感動できる。小説を読む本来の喜びはそこにあると思います。

偶然からの跳躍が小説を生む

これは小説を書いている現場でも起こっていることです。「テレビで小鳥のブローチを目にした時、これで小説が書けると確信した」と申し上げました。けれどもこれには何の根拠もありません。これ、全然理屈が通っていないことです。しかもテレビをつけたのは全くの偶然です。もう偶然の力なしには、小説が書けません。必要なのは才能なんかじゃなくて、偶然なんです。さらにもうひとつ付け加えるなら、偶然が降ったときに、そこからどれだけ跳躍できるかです。ジャンプできるか。岡ノ谷先生も書いていらっしゃいますが、何が何だか解明できないんだけれども、言葉を獲得する進化の過程で、偶然、何か深い河のような隔たりを飛び越えた、そこで「歌」から「言葉」が生まれた……まさにブローチから言葉が生まれる。ここにも何か理屈の通らない跳躍があったわけです。

なんだか独自の言葉をしゃべるお兄さんがいて、それを理解できるのは弟だけで、二人はいつも一緒に金網にもたれて、幼稚園の小鳥のさえずりに耳を澄まして……というふうに言葉で追いかけているうちは、まだ書き出せないんですね。そこに突然跳躍があり、偶然の爆発が起こって、言葉で表せるような理屈が全部吹き飛んだあと、言葉ではないもの、理屈には収まりきらないもの、ほんとうに書かれるべきものが立ち現れてくるんです。そのときようやく、一行目が書き出せると確信できるわけです。

先ほど言葉の起源には本心を隠す目的があったという話が出てきましたけれど、「本心」ってなんだろうか、と思うんです。表面上みんな取り繕っていますけれど、内心では上司のことを鬱陶しいなあと思ったりしている。そういうことは日常茶飯にありうることですけれども、その「本心」が本当のその人の心なのかというと、案外その人が本心だと思ってることも、心の表層的な部分にとどまっているんじゃないかと思いますね。

自分で意識できる範囲は高が知れていて、自分の心の中にはそういう本心で片付けられるようなものを突き抜けてしまうくらい、もっと奥深い世界が実は隠れていて、そこへ足を踏み入れていくとき、傍らで手助けしてくれるのが「文学」であり、その他の芸術ではないかな、と私は思うんです。本心だけに囚われていたら息苦しいですからね。

文学でも音楽でも美術でも、私がいつも素晴らしいなあと思うのは、それを前にして感動している時、人間がみんな平等だということなんです。生い立ちとか社会的立場とか、そんな表層的なもの、外側にくっついているものを全部脱ぎ捨てて、各々がただ、自分の心の奥底にひとり佇んでいる。あるいはその同じ小説、同じ音楽、同じ作品に接した過去百年、千年前の、会うこともない人々と心を通わせているかのような錯覚を味わえるということです。

人間は言葉を持ったことによって、文明を蓄積して、ついには核を持ってやがて滅んでいく。われわれは言葉を獲得したがために滅んでいく途上にあるんだ、と岡ノ谷先生はおっしゃっていますけれど、たとえ滅びる途上にあるとしても、感動的な素晴らしい小説を読んだ時、私は「ああ、やっぱり人間でよかった、分かれ道で言葉を獲得する方に進んでよかったな」と思います。

岡ノ谷先生のこの御本で私が最も印象深かったのは、次の一文でした。

「言葉を持った人間は、たとえひとりでも、心の中には聞き手としての自分がいるから、ひとりではありません」

私はここで、鳥かごの片隅に身を潜めて自分の歌にじっと耳を澄ませているジュウシマツのことを思い出しました。あるいは、本を読みながら登場人物たちと自分自身との無言の会話を交わす、人間の姿を思い浮かべました。言葉を持っている限り、私たちは孤独な時でも決して世界から孤立することはなく、豊かな内面の世界を旅できるんじゃないかと思います。

小説の不思議

司会・進行（葉山郁生）――実は小川さんにはぜひこの大阪文学学校のビルに来ていただきたかったんです。築五十年くらい経っている古いビルで実に味があるんですが、このコロナ禍にあって、残念ながら叶いませんでした。それで今日はズームを使った遠隔での講義になりますが、どうぞよろしくお願いいたします。まずは演題となっている「小説の不思議」について二十分くらいお話いただけたらと思います。

【基調講演】

首の痛みと文学

恐縮ですが、最初からちょっと個人的な話から入りたいと思います。実は私、去年の秋口からなぜかすごく首が痛くなりまして、そのきっかけははっきりしていて、歯の治療をしたんです。それで歯並びが微妙に変化して、首が痛くなったんですが、これが自分にとっては不思議な経験だったんです。

当然、歯医者さんに何回も通って歯並びを微妙に調節してもらったりもしたし、整形外科に行って首に電気を当てたり、痛み止めの薬をもらったりもしました。けれども全然良くならないんですね。それどころか何かをすればするほど、痛みが酷くなってしまう。自分でもちょっと絶望的な気分になって、しばらく病院をあちこち彷徨い歩く状態に一時期なっていたんです。

そこでようやくひとり、この問題の本質を理解してくださる先生に巡り合いました。その先生がひと言、「きっかけにこだわるな」とおっしゃったんです。「あなたは、歯を治療した。だから歯並びが悪くなって首が痛くなったと思っている。しかし、歯を治療したというのはほんの些細なきっかけに過ぎなくて、首が痛いのはそれが原因ではないんだ」というふうに言うんです。

私は最初、そのことに納得できなかったんです。歯の治療をしたから首が痛くなった。だからまず歯を治さないと首は治らないんだと思い込んでいたんですね。こういう原因があるから、それを除去して治していく、それが病気を治すということじゃないのか、と、まだまだ歯に固執していたわけです。

ところがその先生はこうおっしゃる。「そうじゃないんだ。とにかくきっかけにこだわるな。あなたの中には抑えきれないストレスみたいなものがあって、それが知らず識らず風船のように膨らんでいて、ある時パチンと割れたんだ。なぜ割れたかというと、それはもしかしたら、歯を治療したからかもしれない。しかし、もし重いものを持ち上げていたとしたら、腰が痛くなっていたかもしれないし、脂っこいものを食べていたら、胃潰瘍になっていたかもしれない。何かが原因で風船は割れたんだけれど、そのきっかけに拘っていたのでは治らない。なぜ風船が膨らんでパンパンになってしまったか、ということを考えなきゃいけませんよ」と。

それで、「ああ、世の中には、きっかけがあって、つまり理由があって結果が出るという病気ばかりじゃないんだなあ」と。これは自分にとってはけっこう新鮮な発見だったんです。

でもそれは決して珍しいことではなくて、まあ学校へ行きたくない子どもがお腹が痛くなるのと一緒らしいんですね。つまり首が痛いからといって、別に首の骨がおかしいのでもないし、歯が悪玉でもない。じゃあこの痛みはどこから来ているかというと、それは脳が作っている痛みなんです。脳がいろいろな信号をキャッチして、全部それを痛みに置き換えてしまっている。素人なりに乱暴に言ってしまえば、心が痛みを作っていたということなんです。

このことを経験した時に、あ、これは文学にも通ずるところがあるな、と思ったんです。たとえば伏線を張って、それが展開していって、どこかでそれが回収されて腑に落ちる。ああ、そういうことだったのかと納得できる。結果をもたらした原因がはっきり分かるという小説はたくさんあります。そういう小説は、書いていてとても安心なんです。ピタッと着地できる感覚がありますから。それらは読んでいても書いていても安堵できる小説です。そういう小説の中にも素晴らしいものはたくさんあります。けれども、文学の本質はそういうところにあるのかな、というと、どうも違うんじゃないか、むしろその逆のところにあるんじゃないかな、と思うんです。原因や理由が分からないからこそ、物語が必要なんじゃないか。理屈で説明がつかないものを見捨てないで掬い上げる。それが文学なんじゃないかな、ということを、首の痛みの体験から得たんです。

つまり、痛いにもかかわらず首の骨もどこも悪くない、あなたはどこも悪くありませんよ、と放り出され絶望した時に、「その痛みはあなたの見えない心が作っているんですよ」と、一見理屈に合わないようなことをおっしゃった先生の、その物語的発想が私を救ったということなんです。

そういえば、いまでも読み継がれている、いわゆる世界文学、文学的遺産と呼ばれるような小説の中にも、いま改めて読み返してみると、作者自身が書いているうちにどうまとめていいか分からなくなって、もうどうにでもなれ、という感じで投げ出してしまったような小説、決着がついていない、回収されていない伏線がそのまま放り出されたような小説が、案外あるんですね。いわゆる文豪と言われている人が書いた小説の中にも、読んでみると時々呆気に取られるような、不意を突かれるようなことがあります。

たとえばスタンダールの『赤と黒』とか、エミリー・ブロンテの『嵐が丘』とか、最近読んだのではディッケンズの『信号手』という小説。鉄道の駅で手旗信号を送る〝信号手〟ですね。ちょっと怪談めいた話ですけれど。あるいは谷崎潤一郎の『細雪』にしたって、「なんなんだ、これは?」という終わり方をしていたり……。「どうしてこうなったのか誰も説明してくれてないじゃないか」というような感触を得る小説。しかしなぜか惹きつけられる。深い感銘がある。そういう小説が生き残っているんですよね、ちゃんと。

結局、人間や社会というものの中には理屈で捌ききれない闇のようなものがあって、それをありのまま差し出そうとしたら、こういうふうな小説になるのかなあ、それこそが文学の深みなのかなあ、と思うんです。

プリーモ・レーヴィのこと

いま話してきたようなことをもう一段突き詰めて考えていくと、じゃあ文学は何のためにあるのか、という究極の問いに行き着きます。結局それは誰も説明できないんですね。それにもかかわらず、千年以上も人間は物語を作り続けて生き長らえてきたわけですけれど、われわれはその理由も分からずに小説を書き続けている。言葉で説明がつかないことのために、言葉で挑みかかっているというのが、われわれ小説を書いているもののしんどさであり、また同時にやり甲斐でもあります。

最近は「不要不急」という言葉が叫ばれるようになっていますが、「文学とは何か」という答えのない問いを自問するときに、いつも頭に浮かんでくる場面があるんです。それはプリーモ・レーヴィという人の本の中に描かれている場面なんです。彼はイタリアのトリノに生まれたユダヤ人の化学者で、一九四四年にアウシュビッツに送られ、そこから生還した人です。一九一九年生まれですからアンネ・フランクよりも十歳年上ですね。

彼は科学者でありながら文学的素養も非常にある人で、彼の『これが人間か——改訂完全版アウシュビッツは終わらない』（朝日新聞出版）という本は大変な名著です。そのなかにとても印象的な、忘れ難い場面があるんです。

プリーモ・レーヴィは同じ強制労働のグループの中でジャンという二十四歳の男の人と出会います。このジャンはアルザス出身で、ドイツ語とフランス語が喋れる。で、プリーモ・レーヴィはイタリア人なんで、イタリア語とフランス語が少々喋れる。

それである日、このプリーモ・レーヴィとジャンの二人が、配給所まで一緒にスープの鍋を受け取りに行く役になるんです。で、その鍋を運んでいる道すがら話をするんですが、イタリア人のプリーモ・レーヴィにジャンがイタリア語を教えて欲しいと頼みます。その、教えて欲しいと頼むこと自体が想像を絶することだと思うんです。なにせここ、アウシュビッツですからね。新しい言葉をいま覚えて何になるんだと。明日はもう命がないかもしれないのに。それでもなお、何かを学びたいという気持がこのジャンという若者にはあるわけです。

その気持にレーヴィも動かされまして、じゃあイタリア語で何をしようかと考えて、ダンテの『神曲』の中からオデュッセウスの歌をテキストとして選ぶんです。でも、もちろんテキストといってもアウシュビッツに本があるわけじゃありません。じゃあどこにあるかというとプリーモ・レーヴィの頭のなかにあるんです。記憶の中にあるオデュッセウスの歌を暗唱して聞かせて、イタリア語を教えてあげる。強制収容所の荒地の中を、スープの鍋を運びながらオデュッセウスを暗唱するわけです。でも記憶が曖昧なので、正確に思い出すことができません。途中ちょっと曖昧な所を自分でこしらえたりしながら、どうにかこうにか思い出しつつ暗唱します。するとプリーモ・レーヴィはこう思います。

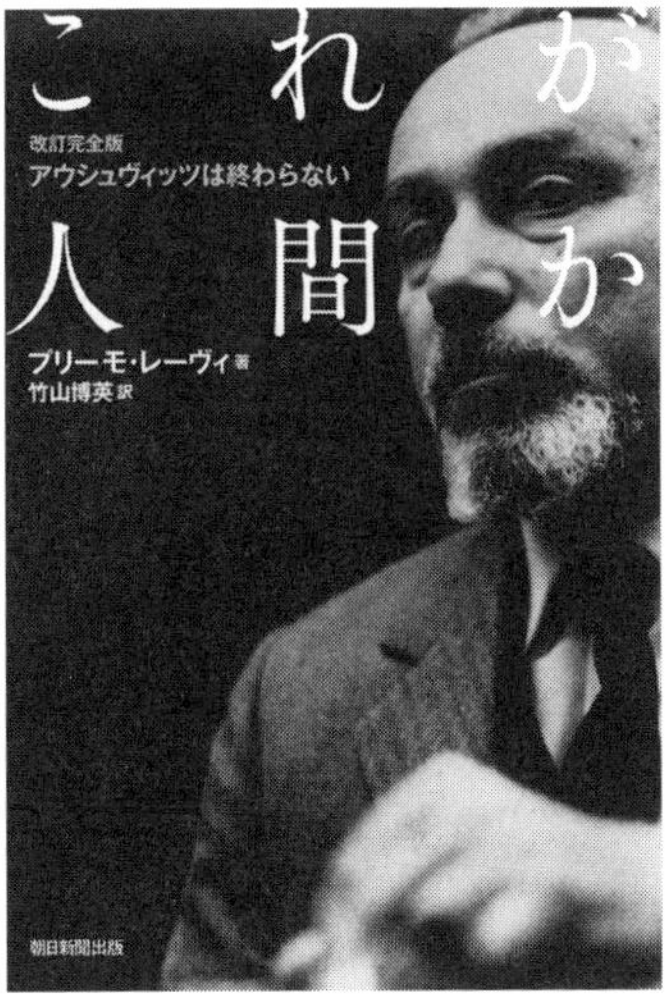

『これが人間か――改訂完全版　アウシュヴィッツは終わらない』（プリーモ・レーヴィ著／竹山博英訳　朝日新聞出版刊）

（朗読）

「なんと痛ましいことか。哀れなダンテ。ひどいフランス語だ。だが、この試みはうまくいきそうだ。ジャンは言葉が奇妙に似通っていることに感心している」

というふうに言います。そしてそのジャンに向かって、

「注意してくれ。耳を澄まし、頭を働かせてくれ、君に分かって欲しいんだ」

そう言って、このダンテの『神曲』のなかの一節、いまの自分たちに最も響いてくるであろう一節を暗唱します。

「君たちは自分の生の根源を思え。獣のごとく生きるのではなく、徳と知を求めるため生を享けたのだ」

その瞬間、プリーモ・レーヴィ自身が、一瞬自分の声じゃなくて、神の声のように聞こえる。自分じゃないものの声に聞こえる。一瞬、自分が誰か、そしてここがどこなのか、忘れてしまう。そういう錯覚に陥ります。それを幸福な錯覚と捉えるわけです。

「味気ない訳とおざなりで平凡な解釈にもかかわらず、彼はおそらく言いたいことを汲み取ったのだ。自分に関係があること、苦しむ人間の全てに関係があること、特に私たちにはそうなのを感じ取ったのだ。肩にスープの横木を乗せながら、こうしたことを話し合っている。今の私たち二人に関係があることを」

そして、今日のスープはキャベツと蕪だ……と文章が続きます。

なぜ人間が文学を求めるのか？

それは言葉では説明できないはずなんですけれど、この場面にちゃんと言葉で書かれていると

私は思うんですね。ここに何かひとつ真実の風景がある。アウシュビッツで、キャベツと蕪のスープを運んでいる痩せこけた若い男が二人、ダンテの『神曲』を曖昧な記憶の中から暗唱している。そして、徳と知のために生きなくちゃいけないんだ、生きている根源を見つめなくちゃいけない、というその詩の一節に心を打たれている。

ユダヤ人だからというだけで理不尽に捕らえられて、自由を奪われいつ死ぬとも知れない恐怖と空腹の中で、一個のパンほども腹の足しにならないダンテの『神曲』の暗唱が、ひととき人間的な喜びをもたらす……いつも小説を書いていて疲れてしまったようなとき、ここを読み返すようにしています。

結局、作者自身、自分が書いているものの意味を考える必要なんてないんじゃないかな、と思います。なぜなら、ダンテ自身だって自分の書いたものが後々こんな場所、人間をガス室で殺すような場所で暗唱されて、そして彼らに力を与えているというようなことを、絶対考えなかったはずなんですね。思いつきもしなければ、想像できなかったはずなんです。ただ書きたいことを書いた。そこから何か意味を読み取るとしたら、それは読者なんです。読者の役目。十年後か、五十年後か、千年後か分かりませんけれど、作者の手を離れたところで、その小説が存在している意味が、読者によって明らかにされる。その時、作者は死んでいていいわけです。作者自身は「いや、違うんだ。そんな読まれ方をされたくないんだ。私はこんな意味で書いたんじゃないんだ」というような言い訳は一切不要です。

ですから私たちは、自分がなぜこの小説を書いたのか、その理由が分からないままでいいんじゃないかと思います。いちおう私も新しい本が出ますと、新聞記者の人にいろいろ質問されて、分かった風をして答えるんですけれど、どこか心の底に違和感があります。作者がこんなにベラベラ喋っていいのかな？　作者って、本当はもう書いた小説をそっと差し出すだけで役目を終わっているんじゃないかな、と。
ちょっと違う言い方をすると、自分が死んだ後、自分の小説を誰か必要としてくれる人がいて、その人が小説を読んで、書いた私自身が想像もしなかったような、新しい、作者自身が込めた記憶のないような風景を、そこに読み取ってくれる、そういう小説を書かなくちゃいけない、いや、書きたいと思います。

――ありがとうございました。こういう講座ではどうしても抽象的になりがちなので、今日は具体的な作品を三つに絞ってお話を伺おうと思います。ひとつは『密やかな結晶』、もうひとつは初期作品である「完璧な病室」、それから最新作の『小箱』についてお伺いしようと思いますが、まずは『密やかな結晶』です。これはもう三十年近く前に書かれたものですが、今のコロナ禍の状況で読み返すと、まさに今のことじゃないかと思うほどです。この作品を思いついたきっかけ、テーマやモチーフについてお聞かせください。

『密やかな結晶』は、書き始める最初の動機ははっきりしていまして、アンネ・フランクへの思いを何か自分の小説の形にできないか、ということなんです。
あの時代、ナチス・ドイツの時代のユダヤ人たちも、『密やかな結晶』に描いた世界と同じように、最初から一遍に強制収容所に連れていかれたわけじゃなくて、はじまりは公園のベンチに座ってはいけません、とか、ユダヤ人学校に行かなくちゃいけません、とか、自転車に乗ってはいけません、とか、少しずつひとつずついろいろな自由を奪われていって、そして最終的に命を奪われるところまで行くんですね。

その過程が非常に残酷なんです。つまり、自転車くらい乗れなくてもまあいいか、ラジオがなくてもまあ不便はないか、というふうにユダヤ人もそうじゃない人も、少しずつ慣らされていって、本当はそれは命を奪われる道筋に繋がっているのに、それに気づかせない。その過程が残酷であるということに、アンネ・フランクのことを調べているうちに気づいたんですね。それで人間が少しずつ、理由もなく、何かを強制的に奪われていく過程を書きたいという気持になって、じゃあ何を奪われていくかと考えたときに、「記憶」がいいんじゃないか、と閃いたんです。その人をその人たらしめている、最も根本的なもの。その人固有のもの。本来なら誰にも奪えないはずのものが奪われるということ。

記憶が奪われていく設定にした時に、最初はなんでもよかったんです。たとえば薔薇の花が消滅するってどういうことかな、と。それを想像すると、散った薔薇の花が川面を埋め尽くして、渦を巻きながら流れていく。それを皆がただ呆然とみている。そしてだんだん少しずつ皆、薔薇という花にまつわる記憶が知らない間に欠落していくという映像的な場面が浮かんできたんです。そこで「これは書きたい。書ける」という気持になりました。薔薇が消滅する、香水が消滅する、鳥が消滅する、そういう消滅の場面をひとつひとつつなぎ合わせていくと、自然にストーリーなど考えなくてもお話になっていったんです。それが最初の感触でした。

秘密警察というのが出てくるので、ちょっと社会的な問題、全体主義とかを告発するような意図があったかどうかよく聞かれるんですけれど、それはもちろん、そういう小説であっては欲しいんですが、出発点としては、一個人にとって最もその人に密着して本来ならその人から引き剝がせないはずの「記憶」が奪われる残酷さ、それを描こうということだったんです。

——この作品はアンネ・フランクの影響がかなり見られると思います。そのことは小川さんもさまざまなエッセイやインタヴューなどで語られていますが、ここでもう一度、アンネ・フランクへの想いとこの作品との関わりをお聞かせ願えればと思います。

『密やかな結晶』のなかで、「私」が「R氏」を匿う日を、激しい雨の降る日に設定しました。そのことについてちょっとご説明いたします。

実はアンネ・フランクの一家が隠れ家に隠れる日も雨が降っていたんです。アンネ・フランクたちはユダヤ人なので乗り物に乗れませんので、雨に濡れながらコートを、六月なのにコートを着て、雨の中を歩いて移動するわけですけれど、みんな気の毒そうな顔でアンネたちをみるだけで、別に怪しむ人がいなかった。みんな雨に気を取られたことがラッキーだった、というエピソードを知っていたんです。それでR氏を匿う日を雨の場面にして……雨の中、隠れ家に入ったアンネ・フランクは、結局、生きて帰ってくることはできなかったんですが、R氏には未来がある終わり方になっています。そこは対照的にしています。

よく外国のインタヴュアーが「この『密やかな結晶』に出てくる人はなぜ抵抗しないんだ。記憶狩りに遭って秘密警察に連れて行かれたりしているのに、みんなそれに従順に従っているように思える。抵抗を示す人がいないのは何故なんだ」と不思議そうに聞くんです。しかし私はR氏を自分の家に匿うことが最大の抵抗だと思うんです。アンネ・フランクの場合も支援者がいました。それで支援した人は別にレジスタンスの活動をやっている人たちではなくて、お父さんの事務所に勤めていた事務員さんたちです。名もなき普通の人々が、彼女たちが隠れ家で生活できるように、闇市で行列に並んで食料品を手に入れたりして一家を匿った。それは立派な抵抗ですね。

ですから私はこの小説の中でみんなが理不尽な秘密警察のやり方に盲目的に従っていたわけじゃなくて、主人公のように密やかにひとりで出来る抵抗を試みていた、そういう人が沢山いたんじゃないかと思います。

あるいは〝おじいさん〟が非常に重要な人物なんですけれど、この人は他人のために何かをするということにたいへん喜びを見出す人で、他人から何かをしてもらうということを考えないんですね。で、そういう社会の状況にあっても、自分にできる最大限のことをしようとする。そしていろいろな記憶が消えて人が死ぬことを、もう逆らえない自然の摂理だというふうに解釈して、じたばたせずにそれを受け入れていこうと捉えているんです。それもまたひとつの偉大な抵抗だと思います。最後まで人間らしく生きていこうという風に決めている。じたばたしない、愚痴をこぼさない、心平穏に他人のために役に立って死んでいく。そういう自分の死に方をもう見据えている人……。

ですからこの小説は決して抵抗しない、盲目的に従順な人々を描いた小説ではないんですよ、ということをいつもインタヴュアーに説明しているんです。

――この小説の大きな要素は「記憶」ということだと思います。とりわけわれわれのような阪神淡路大震災を経験したものにとってみたら、「記憶」はただ心に留めておくだけではダメで、それを「物語」にしておく必要があると身に沁みて感じますが、小川さんにとって「記憶」と「物語」の関係というのはどういうものでしょうか。

記憶と物語はもうほとんどイコールといってもいいと思います。以前、河合隼雄さんと対談集を作ったときに、その本のタイトルは河合先生の発言のなかからとったんですが、『生きるとは、自分の物語を作ること』（新潮社）というんです。

記憶というのは瞬間的なものではなくて、そこには流れがあります。たとえば遠足に行くとすると、その記憶は「遠足に行った」という一行で表せるものではなくて、そこでいろいろ感じたり、聞いたり、味わったりしたこと、他人と交わした会話とか、その時のあらゆる体験をすべて含めて、それらが記憶になります。そしてそれは不思議に変化していく。あったことそのままを記憶することは不可能であって、必ずそこには「自分に都合がいいように」というと誤解されるんですが、自分の心のなかに収まりやすいように、自然に必要なところを膨らませたり、足りないところを補ったり、削ったりして、自分で調整している。記憶を自分のなかに収めるために。そこに非常にフィクション的な要素が含まれてくるんです。つまり、体験したことを物語にすることで、自分の心のなかに収めることができる。

逆にいうと、体験したことを物語にできないと、それは苦しいですね。たとえば究極の苦しみを味わった人は、それを物語にできないから苦しいんだと思うんです。大事な人が死んで、二度と帰ってこないという現実を、そのまま記憶しておけと言われたら、耐えられないですね。ですから、「あの子はいま鳥になって、どこかの空を飛んでいるんだ」というような、またいちばん最初の話に戻りますけど、理屈に合わない、そんなことあるはずはない、という物語にした時、初めてどうにか心の中に収めておくことができる。

ですから小説を書くことは、人間の記憶を探るということです。たとえば『密やかな結晶』のなかで、おじいさんを描く、R氏を描くということも、何を描くのかというと、その人が持っている記憶を掘り起こしていくということなんです。まあ正確に言えば、ゼロから登場人物を作り上げていくのですから、作家がその人に記憶を与えているわけですけれど。その人に記憶を与えて人物造形をしていく。感触としてはむしろ、そこに登場人物がいて、その人の心のなかにスコップみたいな頼りない道具を持っていって一生懸命掘り返していく。

つまりそこにはもう質感があるんです。掘り返していくと、記憶が化石みたいに出てくる。そこに付いている埃をきれいに取ってゆくと、その化石に刻まれている、それは紋様か何か……文字でないもので書かれている何かが浮かび上がってくる。文字で書かれていれば、それをそのまま書けばいいので簡単なんですけれども、記憶は人間が作り出した便利な言葉と違うもの、暗号みたいなもので出来ていて、その化石に刻まれた暗号を、作家なりに読み取っていく。

そんなことが人物を描くということになるんでしょうか。それがまた難しいところですね。どうしても早く書き終わりたい、とか、締め切りがあるから、とかこの苦しい場面を早く抜けたいというときには、自分の都合のいいようにその化石を解釈しちゃうんですけれども、化石の中から死者の声が、記憶が聞こえてくるまでじっと辛抱強く待つ時間が作家にとっては必要だし、私にとってはそれが書いていていちばん苦しい時間帯ですね。

――この小説のもうひとつの特徴としては「小説内の小説」、つまりメタフィクションの要素があるということだと思います。そこでこの「小説内の小説」と、小説全体のエンディング、つまり「消滅」ということについてお話いただけたらと思います。

『密やかな結晶』のなかの「小説内の小説」は、編集者であるR氏に託されました。ですからR氏が小説を受け取ったからには、小説として存在できます。小説のなかの「わたし」も編集者によって存在できます。そして『密やかな結晶』の主人公である「私」は、記憶を全部失って、身体も記憶も全部失って消滅してしまうけれども、R氏の記憶の中には残ります。結晶のように。ですから二人とも本当の意味では消えていない。本当の意味で消えることはむしろ人間として不可能じゃないでしょうか。

この小説はよく、救いようのないディストピア小説だと言われるんですが、むしろ記憶が消えていく世界にあって、記憶が残る人がいるということ、その人の記憶のなかで大事なものは結晶となって残っていく、決して消えないものがあるということを証明するために書いた小説だと思っています。そういう希望を感じ取っていただければ嬉しいな、と思います。だから、死んだのか死んでいないのかという風に生死の問題として捉えるよりは、人の記憶に残る、あるいは文学の中に残る、そういう生き残り方もあるんじゃないでしょうか。

――作家はしばしば「処女作に戻る」と言われます。小川さんもここまで大きな作品をいくつもお書きになって来られましたが、改めて海燕新人文学賞を受賞したデビュー作、「揚羽蝶が壊れる時」と受賞第一作の「完璧な病室」を振り返ってみて、いかがでしょうか。

初期の作品を振り返るのは、正直言って苦痛です。当時二十五、六でしたからね。まあ、若かったということでしょうか。無知だったし、図々しかったし。いま読むと本当に未熟な面が目立つし、恥ずかしいばかりなんですけれど、でもたとえば「揚羽蝶が壊れる時」だと、老人性痴呆症になってしまったお婆さんが出てきて、正常と異常、その中間地帯のような場所を描きたかったというのがあったんですね。それはもうずっと初期から貫かれていて、「冷めない紅茶」などもそうですけれども、生きている人と死んでいる人、それがナイフで切ったように二つにはっきり分かれているんじゃなくて、「生きている」:「死んでいる」、「正しい」:「異常」という二つの正反対の言葉の間に、そのどちらでもなく、どちらでもあるような中間地帯があって、そこを書きたいという気持は、その頃からずっと変わっていません。

そして「完璧な病室」は病室が舞台なんですけれども、あれは雑菌を排除した完璧に清潔な病室というものを舞台にするところからスタートしていて、それは『密やかな結晶』を、フェリーが壊れてどこへも行き来できなくなった孤立した島を舞台にしたことと同じだと思うんですね。輪郭をまずはっきり描いておく。ぴっちり始まりがあって終わりがある輪郭。でもそれはお話の輪郭じゃないですよ。あくまで場所の輪郭。その場所の輪郭がきっちり決まってると、その中を顕微鏡で覗くように観察していくと、小説が書ける。逆に場所の輪郭が曖昧でどこでも自由に行っていいというふうに言われると、かえってなんだか茫洋としてどこに焦点を合わせていいか分からなくなるんですが、病室だとか博物館だとか島だとか、場所をしっかり区切っておけば、書ける、書きたい気持になれるんだなぁ、というのは、三十年くらい書き続けてきてそれが自分の癖みたいなものだと気づかされます。

もちろん逆の人もいるでしょう。そんな狭苦しいところに閉じこもっていたら書けやしない、思い立ったときにどこへでも飛んでいけるような身軽な状態、広々としたところにいないと書けないというタイプの作家ももちろんいると思います。でも私は……将棋とか碁とかチェスが好きなんですけど……ああいうふうに四角がきっちり決まっている場所にめちゃくちゃ魅力を感じるんですね。

ああいうところに棋士が宇宙を見るというようなことを聞くと、人間が見えていると思っている世界の裏側で、天才は凡人が見えない世界を見てるんだな、閉じられた小さな空間に8×8、9×9の升目のなかに広大な宇宙を見る天才がいるんだな、と。やはり作家としてそういう世界を見たいと思います。

【大阪文学学校・生徒からの質問】

――かなり時間が押してきました。もうひとつの課題作品「小箱」についてはのちほど簡単に触れていただくことにして、大阪文学学校の生徒たちから預かった質問についてお伺いしてみたいと思います。やはり『博士の愛した数式』については質問も複数あります。まずはこの作品を思いつかれた背景やテーマについて、お聞かせください。

これまで、島や病院や博物館みたいな、あるいはチェス盤や将棋盤のような輪郭がきっちりしたものが自分にとって書きやすいというようなことを言っておきながら、矛盾しているように聞こえるかもしれませんが、『博士の愛した数式』について言うと、数字というのは無限なんですね。むしろ真逆だから惹かれたということがあるかもしれません。無限である数字に挑んでいる数学者たちが、自分たちが研究しているその数字のことを「美しい」という芸術的な言葉で表現するということが新鮮だったんです。無限の数字を相手に研究していると、必ず人間の寿命の方が先に尽きてしまうわけです。つまり自分のあげた研究の成果がどういう利益を社会にもたらすかを確認できないまま彼らは死んでいく。自分の研究成果が明らかになるのは自分が死んだ後だという、そういうなかで研究しているところが非常に魅力的なんですね。

つまり「数字」という無限の前で、「人間」という有限がいかに頼りなくか弱いものか、しかしそれに挑んでいく人間の精神がいかに尊いか。人間の人生の有限、しかも博士の記憶が八十分しかもたないという有限。これがあまりにもくっきり対比が成り立ったために、小説にしたいな、と発想したんです。

でもあの小説は自分でも書いていて不思議でした。最初は野球が題材として出てくるとはまったく思っていなかったんです。枠組みとしては、記憶障害の数学者と家政婦と子どもの話というくらいしか決まっていなかった。それが数学のことをいろいろと勉強していくうちに、「友愛数」とか「完全数」とか非常に詩的な言葉が出てくることで、自然に場面が浮かんでくるわけですね。

「友愛数」っていう言葉を聞けば、この三人のなかに成り立つのは「友愛」なんだなということが自ずと分かってくるし、「完全数」という言葉を知ったときに、「28」ってこれ、江夏が阪神で付けていた背番号だな、と思ったら、「あ、そうだ。少年と博士っていうちょっと年代が離れた二人の共通の話題として『野球』がいいな」と、思いもよらなかったものが、いろいろな材料が自然と結びついていった。

それは自分にとっても不思議な、そして特別な体験でした。自分が無理やりこの題材とこの題材、ABCを一つに繋げるにはどうしたらいいだろうか、ということを考えなくても、あらかじめ最初から繋がっていたみたいにいろいろな題材に虹がかかって「あ、そうか。これらは一つの世界の話だったんだ」というふうに自然に書けて行った。そういう小説でした。ですから最後まで書き続けることができたんです。たとえば博士とルートくんがキャッチボールをする場面があるんですが、そこで「あ、ボールってゼロなんだな、球体ってゼロだな。そういえばオイラーの公式って、イコールゼロだな」と、そういうことが書きながら途中でどんどん分かってくる。そういう喜びがあの小説を書き続ける原動力でした。

――次に、〈小川さんは過去のインタビューで「登場人物が動き出すのをずっと待つ」と言われていたと思いますが、小川さんにとって人物造形、あるいは人物描写とは何でしょうか〉

私は人物の顔かたちや体つきを描写するのが苦手なんですね。はっきり言ってイメージの中で人物が動いているとしても、よく顔は見えていないんです。それは登場人物に名前をあまりつけないことと重なっているんですが、顔も名前も分からない人物の、たとえば髪型ははっきり見えたり、その人の声ははっきり聞こえたりはするんです。あるいは仕草、立ち姿とか、そういうものを描写することで、その人物が動くのを待つ、人物が浮かんでくるのを待つ、というのは実感としてあります。何かがいまこの場面で起ころうとしている。何が起こるかはもちろん作家が決めることなんですが、そこに「わたし」と「R氏」がいる、あるいは博士とルートくんがいる。そこで二人が何をするのかということは、どこかで自分が決めるんじゃなくて、彼らが自発的に、実際にそう動いたんだという感触が得られるまで待つ時間が必要なんですね。じゃあ待つ間なにをしているんだと言われると困るんですが、ただ待っているとしか言いようがないんです。そうすると自然に頭のなかで二人がキャッチボールを始めたりする。だから私は彼らの後を追いかけているだけなんだと自分を錯覚させることで、書くことができるんです。自分が彼らより先にあって、自分がこれから彼らにキャッチボールをさせます、という姿勢で書くのはとても辛いんです。彼らが勝手にすることを、自分はどこかから覗き見ているという態度でいた方が、作家としては心地よいんです。極端に言ってしまえば、書き終えたあと、私が書いたんじゃありません。博士とルートくんと家政婦さんがそういうふうに生きたんです、と言ってしまえたら、その作品はうまく行ったということだと思います。

――〈小川さんは作品の目的地に着く前に、別の風景が見えてくるということがおありですか？あるいはそういう場合、どうされていますか？〉

もちろん書いている途中でいろいろなことが変化していきますし、自分の予測とは変わっていきます。着地点も見えていません。しかし小説って不思議なもので、書きながら「ああ、これは終わりが近いなあ」というのが分かるんですね。別に無理矢理終わらそうと思わなくても、そろそろこの小説は終わるんだということ、終わりたがっているんだということが分かる。かっこよく言ってしまうと、いま書いている小説と自分との間で阿吽の呼吸があって、じゃあそろそろだねっていう感じで最後の一行に辿り着く。辿り着いた時点で後ろを振り返ってみると、最初に思い描いていたのと全然違う風景の場所に立っているな、でもだからこそ書いた意味があったんだな、と。最初から分かっていたら書く意味がないんだ。途中で計算が狂って構想が全然違う方向に行ってしまうというのは、不安なんですが、あれ、これ思っていたのと違うなあ、こんなはずじゃなかったなあ、というときの方が絶対面白くなりますね。

別の言い方をすると、何か偶然が起こるといい小説が書けます。こんな題材を取り入れるはずじゃなかったのに、偶然テレビをつけて目に入った場面に心を惹かれて、「あ、これをあの登場人物に置き換えてみたらどうだろう」というふうに偶然の祝福があると、いい方に転がっていくような気がします。そのいい偶然をどうキャッチするかというのも大事だと思うんですが……。つまり全部を自分の力だけで書こうとしないということです。いろいろな人、いろいろな運命、いろいろな偶然に助けてもらうってことじゃないでしょうか。

――〈小川さんの作品を読むと、とても空想的な、だけれどもリアルな世界に魅力を感じるのですが、小川さんにとって空想とリアルはどういう関係でしょう〉

「空想」といってもリアリティがないわけではないんですね。空想というのは何かフワフワした目に見えない雲みたいなものをパッと摑んできて小説のなかに形にして置いたというんじゃなくて、小説のなかの空想的な場面もやはり現実から根が生えてきているんです。それほど現実は空想的な社会なんですね。「こんなことあるはずないだろう」っていうことが、現実社会にはよく起こります。それは皆さんよく経験されていると思います。絶対そんなことありえないということが、実際には起こる。リアリティを追求していくと、なんか奇妙な世界だったり異常な世界だったり残酷なものが見えてくる。ですから私は空想的なことを追い求めているんじゃないんです。あくまでもリアリティを求めているんです。リアルであることにものすごく重点を置いて書いていく。卑近な例で言えば自分の身の回りにも、現実の友人や親戚なんかにも、ちょっと変わった人とかユニークな人とかはいくらでもいると思うんですが、そういうちょっと現実からずれている人、ちょっと難解な、歪んだ空気を纏っているような人の、その歪みの隙間から潜り込んでいくと、なんとなく奇想天外な空想的な世界があるんです。そういう意味での「空想的な世界」なんですね。

これは私の経験なんですが、以前『ことり』という小説を書きました。それはもう小鳥を異常に愛して、小鳥の言葉が分かってしまう人が出てくるんですが、もちろん自分の空想から生まれた人物だったんです。けれども刊行後にサイン会をしたとき、並んでくれた人の中に孔雀の羽根でできたハンドバッグを持っていた女の人がいたんです。思わず私が「それは何ですか？」って聞いたら「庭で飼っている孔雀の羽根で作りました」と。そのとき私は、私の空想から生まれた小鳥おじさんのような人が現実にもいるんだな、現実と空想はこんなにも密着しているんだなと思いました。

――〈小川さんの小説には、しばしばアブノーマルな存在や世界が出てきます。そういうものを抱えながら耐えている小川さんはすごく強い方だと思いますが、小川さんは、アブノーマルなもの、あるいは非日常や狂気をどうお考えですか〉

どんなに平凡だと思える人間にも、どこかアブノーマルなところがありますよね。それを上手に隠しているだけの話であって、その隠しきれないものを見つけ出してくるのが小説を書く喜びではないでしょうか。上手に隠して、皆どうにか社会生活がスムーズに進むように、とりあえずの社会で生きているわけです。狂気や非日常的なものを抱えて、妄想に悶え苦しみながら生きているこのとりあえずの世界を覆っている膜を一枚はいでみたらこうなった、という、そこを小説として読みたいし書きたいと思います。

――時間の関係でお伺いできませんでしたが、「小箱」についてひと言、お伺いできますか。

子どもを出産した時感じたのですが、産声ってめちゃくちゃ悲しそうな声なんですよね。ものすごく悲哀に満ちた声で、子どもは泣きながら生まれてくるんですね。そのことがお産でいちばん印象的でした。それで私、いまもう孫がいるんですけれど、その二歳の孫がそばで遊んでいるとめちゃくちゃ可愛くて、楽しい。もう単純に可愛くて、それでどういう心境になるかというと、もう可愛すぎて悲しくなっちゃう。〈可愛い〉と〈悲しい〉、〈幸福〉と〈悲しさ〉って紙一重なんだな、一〇〇％の幸福とか一〇〇％の悲しみっていうのはなくて、喜びと悲しみはうらおもてになりながら、薄い紙一枚の違いで一緒になっちゃっているんだな、と思います。

ですから『小箱』という小説は子どもを失った人の小説なので、本当に救い難い悲しみが描かれているんですけれども、箱の中に成長した子どものために計算ドリルをお供えしたりお酒をお供えしたりする、子どもの魂の成長を願う人々の中に、そういう人たちだけが感じられる、「喜び」という言葉で表してはいけないものなんですが、何かの感情があるんじゃないか。言葉にできない感情ですけれども。ですから『小箱』は人間の経験する究極の苦しみを描いた小説でありながら、なぜか独特の光が当たっているような小説なんです。それは自分でも不思議でした。

――もう少しアンネ・フランクについてお伺いしたいのですが……。

彼女はある意味、言葉の天才ですね。十三歳であれだけの文章を書ける人って滅多にいないと思うんです。ものすごく豊かな言葉で自分の内面をありありと表現できる人。思春期を題材にした文学はたくさんありますけれども、思春期にいる当事者が、リアルタイムで自分の思春期を文学にして残すっていう例はほとんどないと思うんですね。とにかく彼女の才能に圧倒されたということです。しかも「キティ」という架空の人物を創造してそのキティに向かって書くという、文学の基本を押さえていますね、本能的に。ただ日記だから自分の思いを溢れるままダダ漏れにしているんじゃなくて、読者をちゃんと設定してその人に向かって語りかけるという文学の本質を生まれながらに持った少女です。最初はもう彼女みたいになりたいという気持で、作家を目指しました。間違いなく物を書く原点になったのがアンネ・フランクでした。

――〈(初期の頃は）キッチンにワープロを置いてお書きになっていたとおっしゃいましたが、私生活と創作の関係についてお聞かせください〉

それはもうまったく区切られております。さっきお話したように、客観的に書いていますので、小説の中のことにあまりにも自分が囚われて、小説に引き摺り込まれて悶え苦しむなんてことはないですね。パソコンを切ると小説はもうあっちの世界に行くんですけれど、でも頭の中にはありますね、その小説が常に。頭の中まで空っぽにすることはできません。でも脳みそっていうのは便利にできていて、片方で小説について考えながら、もう片方で晩御飯のメニューを考えるみたいなことができるんです。そしてお皿を洗っているときに「あっ、次の場面はこうすればいいんだ」っていう風に思いついたりして……。でも小説を書いている時間とそうでない時間は区切られていますね。

――〈いつも創作をしていて推敲に悩むのですが、小川さんの場合はどうでしょうか〉

推敲はもちろんします。むしろ推敲している時間の方が長いですね。書いている時間よりも直している時間の方が長いです。そしてこれは一〇〇％言えることですが、推敲すればするほど短くなります。長くなることはありません。つまりやっぱり無駄なことを書いてしまうんですね、第一稿では。それを読み直して、余分なものを削ぎ落としていくということが推敲なのかな、と思います。

そして本当に必要な言葉だけを残すということが大事なんじゃないかなと思います。推敲して原稿が長くなったという経験は私はないんです。それで不思議なんですけれども、何回も何回も読み直して、推敲して、最後にもう一回読み直して、結局一字も直さなくてこれでいいと思ったとしても、やはり最後に読んだ一回というのは必要なんです。最後に一回読み直したことでちょっと密度が増すという気持があって、どんなにうんざりしようとも何回でも読み返す。もうここまでくると作家の才能というよりも、執念というか執着心ですね。よく「作家に必要な才能って何ですか」と聞かれると、執念深さと答えるんですが、そういうことだと思います。

私が新人作家だった頃

三十年前の私

司会・進行（大槻慎二）――私が非常勤講師をしているこの大阪芸術大学に、小川さんをお呼びして一緒にお話するという、こんな貴重な機会が持てたのも、そもそも私が以前、『海燕』（福武書店刊　一九八二年創刊、一九九六年休刊）という文芸雑誌の編集者をしていたご縁からなんです。『海燕』の編集部に入ったのが二十六のときで、入ってすぐに担当になった新人作家が、いまお隣におられる小川さんでした。担当したのは初期の三作品（単行本『完璧な病室』『冷めない紅茶』『余白の愛』）だけだったのですが、その後も要所要所でお目にかかったりして、もうかれこれ三十年来のお付き合いになります。今日はこちらで勝手につけた「私が新人作家だった頃」という演題に沿って、三十年前の新人作家だった頃を振り返りながら、最新作『不時着する流星たち』までお話をつなげていければと考えています。

私が作家になって、生まれて初めて「担当編集者というものが作家にはいるんだなァ」と思ったのが大槻さんでした。大槻さんと私は一つ違いで、ほぼ同年代なんです。デビュー当時は二十六歳でしたけど、今から思えばほんとうに未熟な、生まれたての野生動物みたいな状態だったなと思います。そんな私をどうにか活字にできるようなものが書けるように引っ張ってくれたのが大槻さんでした。私が最もお世話になっていながら、同時に私の最も知られたくないところを知っている人でもあります（笑）。

――小川さんは早稲田の第一文学部文芸専修というところに在籍していて、もう亡くなられましたが仏文学者の平岡篤頼《とくよし》先生の元で学ばれました。平岡さんの教え子には他に角田光代さんなどがいらして、また星野智幸さんもいらっしゃる。今でこそ創作講座を持つ大学は全国さまざまなところにありますが、あの当時は早稲田と日大の芸術学科ぐらいでしたでしょうか。ともかくも、小川さんは大学で小説を書いて、卒業後の八八年に第七回海燕新人文学賞でデビューされた。その一年前には吉本ばななさんが同じく『海燕』から出ていて、今から思えばあの頃の海燕新人文学賞出身の作家はかなり粒揃いだったと思います。

先ほど初期作品三作の担当をしていたと言いましたが、実は新人賞受賞作と受賞第一作の「完璧な病室」には関与していなくて、実質担当した作品は「ダイヴィング・プール」（単行本『冷めない紅茶』収録）からだったんです。ですから、「揚羽蝶が壊れる時」もどうやって生まれてきたか、わからないんですよね。まずそのあたりのお話からお伺いできますでしょうか。

いまから思えば、小説を書きたいという気持ははちきれんばかりにあるわけです。それは余計なものは何もない、ただただ小説が書きたいという本当に純粋な気持です。にもかかわらず、「何が書きたいのか？」という、対象となる具体的なテーマは一向に見えてこない。その状態が非常に苦しいわけです。書きたいのに何を書いたらいいのかわからない。つまり、自分はこういう書きたいものがある、だから小説が書きたいんだ、という順番ではないということなんですね。

これは、三十年書き続けてきて自分でも確認したことなんですが、自分の中に既に書きたいものがあってそれを小説するということは実はとてもつまらないことなんです。何かわけがわからない、自分でも正体が摑めないけれども、とにかく書きたいからわけがわからないまま書いた、というのが私の小説のスタートでした。

自分はこういうものが書きたいんだ、とかっちり枠を固めて書き始めてもそのままの物にしかならない。つまり自分の頭の中で設計した以上のものはできないということです。しかし、何が書きたいのか自分でもわからない、そんな混沌とした状態をあるがままに受けとめて小説の形に整えてみると、自分でも思ってもみなかったものになることがある。物を書く歓びというのは、そんな瞬間に得られるものだと思います。「揚羽蝶が壊れる時」という小説は徐々に痴呆が進んでいく老人の話です。書き始めた当初は本人の意志とは無関係にだんだん現実から……目に見える論理的な世界から、どこか違う世界、手の届かないところへ意識が遊離していく、そういう人との境界線を描こうとある程度考えてはいたのですが、実際に書き終えてみると自分のそういう計画はすごくちっぽけなもので、あまり意味はなかったのかなと思っています。

——いきなり核心に踏み込んでしまいましたね（笑）。また後ほど触れるテーマだと思いますが、確かにそれは小説を書く上でとても大事なところだと思います。

早稲田をご卒業されたあとは、川崎医科大学に就職されたそうですね。その付属病院で事務方の仕事をされながら小説をずっと書き続けていたということですが……。

三年ぐらい勤めてから辞めて、小説に専念するようになりました。

――当時はあまり意識していなかったのですが、確かに「完璧な病室」のなかの描写には、現場を知らなければ書けないディテールがふんだんにありますね。

「完璧な病室」には忘れられない思い出があります。当時、寺田博さんという名伯楽で知られていた編集長が、郵送で送られてきた「完璧な病室」の原稿の束をおもむろに取り出して、机で読み出したときの風景です。椅子にもたれて読んでいた寺田さんが急に身を起して「うーん、巧いなぁ」って唸るように呟いたのを偶然耳にしたんです。彼は新人の原稿に対しては本当に厳しい眼をもっていたので、なかなか褒めるような台詞は吐かないんですが、そのひと言は思わず口をついたのでしょう。そのくらい小川さんの文章は初期から上手かった。しかも、三作目の「ダイヴィング・プール」、それから四作目の「冷めない紅茶」でも、そのハードルを軽々と超えていきました。

「冷めない紅茶」の原稿は、担当になって初めて岡山に出張して、ご自宅に伺って直接いただきました。その時の話です。当時まだ駆け出しの編集者だった私は、作家から原稿を貰ってもどう振る舞ったら良いかわからなかった。それで迷った挙句、こともあろうに百枚ほどもある原稿を小川さんの前で読み始めちゃって（笑）。寒い季節でしたから、コタツで向かい合って……結構長い時間読んでいましたが、あの時の苦しさといったらもうなかったですね。

いや、それは読まれる側の苦しさの方が数百倍ですよ（笑）。大槻さんが原稿をめくる「ふぁさッ、ふぁさッ」という音が「ダメだ！　ダメだ！」と言っているように聞こえてきて非常に辛かったのをよく憶えています。海燕新人賞を戴いた受賞パーティでも、いろんな人からおめでとうございます、の声をかけられましたが、その後にみんな示し合わせたように、「受賞後第一作は、受賞作を超えないと載せませんよ」と付け加えるので、せっかくの授賞パーティなのにずっと憂鬱だったのがいまでも忘れられません。

病院に勤めていたということは私にとってはとても大きなポイントで、つまり、自分は人間を描くという前に場所が必要なんだ、ということに気がついたんです。小説ですから当然人間を描くわけですけれど、その人間がどこに立脚しているのかという場所がまず決まらなければ、何もはじまらない。あるいは場所さえ決まれば、人間がぼんやりしていても場所を描写していけば自分は小説が書けるな、という手応えを得たのが「完璧な病室」でした。

――そのお話を聞くと確かにそうだなと思います。場所を書くということがどんどん小川さんの中で抽象化されていって、今やその場所は着地さえすればどこであってもいいような感じになっていますよね。

ちょっと言い方を変えると、人間をどうやって書けばいいかわからなかったというのもあると思うんです。物語の中に出てくる人物の何を描写すればいいのか、その人間が何を考え、何を感じているのか、そしてどんな人生観を持っているのか。そんなことは言葉で説明できないのではないかという恐れがあったんです。つまり人間の内面を言葉にするというのは不可能なんじゃないかな、という直感です。作家に描写できるのはその人間がどういうところに住んでいるかとか、どういう場所で仕事をしているかとか、あるいは何か小道具を手に持って、それをどのように扱ったかとか、そんな目に見える具体的なものだけじゃないかと思うんです。

――アラン・ロブ＝グリエというフランスのヌーヴォー・ロマンの作家がいます。ヌーボー・ロマンといえば小川さんの先生である平岡さんがその専門でもありますが、そのせいもあってか、人間の内面を描かない、人間はまず外面であり輪郭がすべてだというような手法は小川さんにも多少の影響を及ぼしているのかもしれませんね。

例えば「悲しい」という言葉を使ってしまうと簡単に済んでしまうんですけど、「悲しい」という言葉の輪郭に閉じ込められて、そこに留まるしかなくなっちゃうんですね。

――小川さんの一語一語に対する扱い方の丁寧さというか、その真摯な姿勢は最新作までずっと繋がっている。これはもう成熟と言っていいと思うのですが、最新作の『不時着する流星たち』に至っては、その言葉の選びかた自体がフィクショナルな世界を形作っている。その言葉へのこだわりといいますか、センテンスの一つひとつに対する集中力の凄さはデビュー作以来ずっと変わらなくて、それこそ頭が下がります。しかし当時のことを振り返ってみると、あれは子育ての最中に、途切れ途切れながら一行ずつ書いていたものなんですよね。

そうですね。私と大槻さんがこたつで打ち合わせをしている周りを、よちよち歩きの息子が歩いている、という状況で……。自分に何が書けるかという問題も混沌としていれば、実生活も混沌としていて、集中して書く時間が取れない。おしめを替えて一行、ミルクをあげて一行……という書き方だったので、かえって一行が重かったですね。一行書けた、ということがとにかく意味深かったんです。サラサラ書き流すという書き方がいまだにできないのも、おそらくデビューした時期に関わりがあるんでしょうね。実際、なんの抵抗もなくスラスラと読める文章が、果たして書くときもスラスラと書かれたものかというとそうではなくて、流れるようにリズムよく読める文章を書くためにはやはり一行一行、一字一字、立ち止まりながら、また逆戻りしながら書かなければならないわけです。それは作家人生がどういう状況で始まったのかということに案外影響されていると思います。

——原稿はワープロをお使いでしたね。それを点けっぱなしのまま台所に置いて、子育てと家事をしながら、思いつくと一行書く、という感じでした。

「冷めない紅茶」にもいくつか忘れられない思い出があります。そのひとつですが、当時、中央公論社に安原顯さんという〝スーパー・エディター〟を自称する名物編集者がいらっしゃいました。もう亡くなられて久しいですけれども。文芸雑誌『海』の編集者だった彼は、『海』の休刊後、『マリ・クレール』という女性誌に異動した。その雑誌は純然たる女性ファッション誌だったんですが、その中には「これは明らかに安原さんが作ったページだ」とわかる、まるで文芸誌のようなコーナーがあったんです。あれは「冷めない紅茶」が掲載された号の翌月末、印刷所の出張校正室で校了作業をしているときでした。安原さんから直接電話がかかってきて、挨拶もそこそこに、すごい勢いで「冷めない紅茶」を激賞するんです。ついては連絡をとりたいので、小川さんの電話番号を教えて欲しい、と。それから間もなくのことでした。新聞広告に〝新連載・小川洋子〟という文字を見た時には驚きました。それが『シュガータイム』。あれは見事な早業でしたね。

あの頃は無我夢中だったものですから、あまり覚えていないですね。私にはとにかく小説が書きたいというものすごい希望と夢があって、それが叶いそうだ、このチャンスを逃しちゃいけない、と思って必死に書いていました。

ひとつの小説自体にも、その作品が持っている運命みたいなものがあると思うんです。つまり作品が生まれるときにどんな出会いがあったのか、というような。それは人との出会いかもしれないし、題材との出会いかもしれない。あるいはそれが連載なのか、書き下ろしなのか。短篇の依頼なのか長編の依頼なのか……作家がどうこうできない様々な偶然ですね。偶然の巡りあわせで作品が生まれる、ということはあるんです。

一つの作品が完成すると、作者として自分の名前が載るわけですが、実は作家が手出しできた範囲というのは驚くほど狭いんです。作家が持っている能力を超えた偶然、いろんな巡りあわせの力があって一つの作品になるということは実感しますね。

曖昧ということ

――営業的なことを言うと、『冷めない紅茶』の単行本は、動きがちょっと違ったんです。確かにそれまで「完璧な病室」、「ダイヴィングプール」「冷めない紅茶」と立て続けに芥川賞の候補になっていましたが、それだけでは単行本が売れる要因にはならない。にもかかわらず、店頭で明らかに売れ始めたんです。小刻みにですが、次々に重版がかかっていった。それはまさに〝賞〟という看板によらない作品の力だったと思います。

「冷めない紅茶」を読んだ人なら分かると思うのですが、K君という登場人物が此岸にいるのか彼岸にいるのか、つまり生きた人なのか死んだ人なのか、どっちか分からない。その〝曖昧さ〟がちょっと問題になったことがありました。

そのことに関して、当時、週刊朝日の書評欄で建築家の藤森照信さんが一ページを使ってとても素晴らしい書評を書いてくれたんです。あの書評でまた重版に拍車がかかった。

デビュー作は、痴呆症の老人がどんどん物を忘れていく、その中間地点を通っていくという話でした。「冷めない紅茶」も結局そうで、そういった境界線を描いているんですよね。こちらでも、あちらでもない。だから藤森さんの書評が出たときは、ああ、私が書こうとしていたことがちゃんと伝わっているな、と思ったのですが、一方で藤森さんの書評を読んだ芥川賞の選考委員は今初めて気づいたように、「あ、Kは死んでるのか！」と言っていて、あれッ？　と（笑）その時に、あ、これは非常に曖昧な状態で伝わっているんだな、と思ったんです。だからKは死んでいないとも言えるし、死んでいるとも言えるし、あるいは死んでいる途中とも言うことができる。そういう曖昧さを理屈で着地させずに、曖昧なままで描ききるということが、この小説では大切だったんだなと思いました。

——曖昧さを作品として成り立たせるには、言葉の明晰さが必要なんですね。逆に言うと、明晰な文章で曖昧なことを書くというのは、本当に大変なことなんです。

小川さんの世界はあくまでも明晰、クリアーで、そのことを捉えて初期の頃は〝無機質〟という言葉が批評としてよく使われていました。有機物に対する嫌悪と同居する形の〝無機質〟です。では、初期から小川さんの文学のテーマになっていると思われる〝死〟というものは、果たして有機物なのか無機物なのか……そう考える先に、小川さんの文学の本質が見えるような気がしますが、〝死〟というテーマは初期の頃から意識されましたか？

そうですね。それは小説というものが、そもそも死を理解しようとしてもがく中から生まれたジャンルだからだろうと思うんです。言葉というのは人間が考えたものですから、文法がある。漢字なんか見ていると輪郭があってかっちりしていますよね。言葉という自然物ではない、人工物を使って曖昧なものを書くからこそ、小説は成り立つんです。曖昧なことを曖昧な道具で表現

したら、それこそストレスが溜まるだろうと思います（笑）

言葉を使うからこそ、どこにも着地できない。まさに不時着ですよね。この話はどこに着地するんだろう、読んでいる自分はどこに連れて行かれるんだろうという不安とか恐れを、かっちりした規則のある言葉で描くことで曖昧なものが見えてくる、伝わってくるのではないかという気がします。

今日、こうして改めて昔のことを振り返ってお話をしていると、私って全然変わっていないなァ、って思います（笑）

病院からスタートして、標本に博物館に数字と、無機質なものばかりで、言葉自体も無機質だし……。数学に出会ったときには、もう飛びつくようにして、これこそ小説になる！　と思ったものですが、それはデビューしたときから土壌としてそういうものがあったからなのだと思うんです。

私は小説を書きたい気持になる時、生身の人間に出会ってこの人を書きたい、という書き方はほとんどしたことがないんです。むしろ数学に出会って、完全数や素数、友愛数という言葉を見たときに、ああ、これは小説になる、小説に書きたい、と思うことが多かったんですね。それは病室という場所が決まれば書けるというのと同じですね。

――最新刊『不時着する流星たち』の話に行く前に、もうひとつ、思い出深い作品のことを……それは『余白の愛』という長編小説のことです。これは小川さんにとっては初めての長編一挙掲載でしたね。この作品が生まれたきっかけは、ひとつには『海燕』誌上で行った平岡先生との初めての対談でした。そのとき目にした速記者の姿。それから偶然テレビで目にした藤真利子が突発性難聴になったという話。このふたつのまるでかけ離れたことが生んだ長編小説でしたね。

三百枚の長編を初めて書いたのが『余白の愛』でした。それまで長編小説を書くには五十枚くらいの設計図やプロットが必要なのかなと思っていたんですが、全然そんなことはなくて。でも、きっかけは大槻さんのおっしゃる通りです。たまたまテレビで『徹子の部屋』をやっていて、そこで藤真利子さんがご自身の体験談を語っておられたんです。そのときに耳にした突発性難聴という病名、そして対談の時にまったく存在感を消しながら私と先生の言葉をすべて書き留める速記者の指と鉛筆の音、主にこの二つでした。

この二つは位置関係で言えばすごく遠く離れた小島だったと思うのですが、ある瞬間にその二つの島の間に突然虹がかかったような思いがしたんです。そうしたら、三百枚でも五百枚でも書ける気になれてしまった。とにかくなんでもいいのでAという島とBという島を見つけて、そこに橋を、虹をかける。これが最初の作業ですね。

『不時着する流星たち』

――最新作『不時着する流星たち』は『本の旅人』という角川書店のＰＲ雑誌に連載されていた短篇で、正しい意味での連作短篇です。一編一編の最後にモチーフになっていると思われる人物の紹介文が載っていて、これがまた絶妙なんです。例えばグレン・グールドという伝説的なピアニストがいて、短篇の中では最後にちらっと出てくるのですが、なぜグレン・グールドがその短篇の核になっているのか、ちょっと考えただけだとわからないんです。そんな話が十編も並んでいる。もう本当にたまげてしまって、この独特の世界観は小川さんの言葉に対する感覚、言葉を厳選しそこから虚構を作っていくということの一つの集大成だと思いました。

最初の数編はいつもの洗練された、小川さん好みの世界なんです。それが回を重ねるごとに、だんだんと人間の本質をぐさりと刺すような方向に向かっていく。そのひとつのクライマックスが、第七話の「肉詰めピーマンとマットレス」だと僕は思うんですが、これ以上はネタバレになっちゃいますから自重します。とにかく、七〜十話になるともう巧さに酔うといった感じでした。「冷めない紅茶」で言うならKくんの彼岸と此岸のあわいにある部分が、最後の第十話に凝縮されているなと思ったんです。

本当にもう同じことを何度も書き続けているなと思います（笑）。『不時着する流星たち』の十話は、サー叔父さんがグリコのキャラメルについているオマケの三輪車に乗って遠ざかっていく、というラストなんです。一体なんのこっちゃと思われるかもしれませんが、私はストーリーを説明して納得できるような小説はつまらないと思うんです。だからこの短篇集も、ストーリーを説明するのが困難になっています。

――各話のモチーフとなる人物や言葉の選び方はどんな感じだったんですか？

『余白の愛』という長編が突発性難聴と速記の組み合わせから生まれたとお話しましたが、今回はそれを目に見える形でやりました。つまり、一つの話が終わったあとに「突発性難聴とは何か？」、「速記者とは何か？」というような説明を敢えて挿入する作りにしたんです。

実在の人物を軸にした架空のお話を一通り読み終えて、最後の頁をめくると現実がぽん、とそこに置かれている。小説と現実……ヘンリー・ダーガーにしてもグレン・グールドにしてもそうですが、登場人物は実在の人物ばかりです。でも、そこに虚構と現実の断絶はない。それが自分の言いたいことであり、やりたいことだったんです。

私たちが生きている世界は、自分が知覚できる範囲だけで成り立っているのではなくて、現実世界のちょっとした割け目みたいなところを覗けば、そこにはすごく奥深い世界が拡がっている。そこへ旅するために小説がある、音楽がある、芸術がある。『不時着する流星たち』は、そういった現実と虚構が断絶していなくて、地続きになっているということを確かめるために書いた小説でした。

——先ほども言ったとおり、私の中では七話がひとつのクライマックスだと思っているんです。海外に留学している息子を母親が訪ねていくという話なのですが、この息子がまた魅力的なんです。彼は片方の耳が聞こえないのですが、今ではこうして語学を身につけて、異国の中でたくましく生きている。お母さんが町を観光するのに、自作のガイドブックをあげちゃったりもする。あの一編はバルセロナ五輪の男子バレーボール・アメリカ代表の姿から着想を得たそうですね。

そうです。審判の不手際で勝った試合を負けにされたことに抗議して、アメリカ選手団が全員丸坊主にしたという、バルセロナ・オリンピックの小さなエピソードを基にして書いた小説です。なのにずっと読んでいってもバレーボール選手が出てこないんですね。テレビで観戦はするんですが。

――最後の頁をめくると、終盤の十数行で母親が泣くんですよね。空港でオリンピックの選手に囲まれて。この最後の一行が僕にはとても眩しくて……。

あ、これを小説に書きたい、というときめく出会いがあったとしても、果たしてそれが小説の中心になるかというと必ずしもそうではないんですよね。あ、これが書けると思って書き始めたのに、案外出てこないな、自分でも変だな、おかしいなと思うのはよくあることで、つまり書いていくうちに自分の予想をどんどん外れていっているんです。でも、それこそが書く歓びなんですね。

――小説を書くということはそれ自体がひとつの冒険である、ということを、小川さんは一作ごとに体現しておられるなと思います。けれども仕上がった作品を読むと、まるでそれがあらかじめ計算されていたようにも思えてしまう。それくらい緻密に出来ているんですね。しかしそれは決して計算ではなく、むしろ計算から外れたところに本質がある。……計算といえば、『余白の愛』で、こちらはなんの考えもなしに「三百枚でお願いします」って言ったら、本当にピッタリと三百枚で終わった、ということがありましたけど（笑）。

あれは不思議でしたね。そんなにピッタリ三百枚である必要もなかったのに、書いてみたら三百枚で終わっちゃって……。

学生質疑応答

学生Ａ――場所を描くことに力を注いでいるということでしたが、確かに読んでいると博物館や病院など「小川さんはこの場所が好きなのかな？」と思う場所がたくさん出てきます。まだ描いていないものや、またこれまでに書かれたものの中で、自分が書きたくなるような場所というのは他にどんなところがありますか？

私が書きたくなるような場所はたいてい囲いがあります。フェンスや塀に囲まれているようなイメージです。島なども書いたことがあるんですが、何かこう、場所と言っても境界線がなくて、すごく広々した遠くまで見通せるような場所ではなくて、やはりどこか閉鎖的な場所のほうが書きたくなってきます。その究極は、『猫を抱いて象と泳ぐ』という小説で選んだチェスでしょうね。チェスのボードは８×８、将棋は９×９、それぞれにかっちりとした枠が決まっていますが、だからこそ棋士たちはそこに宇宙を見るといいますよね。それが私の小説にとっては理想なんです。小説は自由に書けるものですが、なんでも好きに書いていいよ、作家が神様になって何でもやりたい放題やっていいよ、と言われると、かえってどうしたら良いかわからないんですね。だから、自分で自分の枠を作る。それが場所を選ぶということだと思います。俳句なんかでもそうですが、案外人間って制限されたほうが奥に行ける、自由になれるもので、そういう矛盾を形にできるのが芸術作品かなと思います。

学生Ｂ――先ほど、生身の人間を見て小説にしたいと思うことはあまりないとおっしゃっていましたが、もし小川さんがタイガースの選手を主人公にして小説を描くとしたら誰を描きたいですか？

『博士の愛した数式』に江夏豊という往年の名投手が出てきますが、なぜあそこで江夏を登場させたかというと、彼の投げる姿が恰好よかったとか、大記録を打ち立てたとか、様々な球団を渡り歩いた野球人生に味わいがあるとかそういうことではないんです。ただ、江夏の背番号が28という完全数だったからという、たったそれだけのことなんです。なので、あれは江夏豊の内面を描くというよりも、ほとんど背番号だけを描いただけみたいなものですね。しかし結果的として、それがかえって江夏豊という存在を、彼が28という完全数を阪神在籍中だけ背負っていたという事実を、彼の存在のなにがしかを表してしまっている。これこそが、私が人物にアプローチしていくときの方法なんです。

学生C――私が今まで読んだ作品の中で、特に印象に残っているのが、『博士の愛した数式』と『沈黙博物館』と「揚羽蝶が壊れる時」の三作なのですが、これらには共通して老人が登場していて、三人ともそれぞれに違う魅力を持っているのでとても惹き込まれました。小川さんが老人を描くときに特に気を配っていることはありますか？

特に老人だからというわけではないんですが、どんな登場人物でも、作者の都合で動かさないということをいつも意識しています。

例えば『沈黙博物館』には人が死んだときにその家に盗みに入って、遺品を勝手に自分のコレクションにしちゃうというお婆さんがいます。その人を描くときに、彼女がどんな声をしているか、どんな喋り方をするか、ということに耳を澄ませているんです。もちろん実際には言葉を探しているんですが、感触としては登場人物たちの声に耳を澄ませるというのが近くて、ものを書く時というのは意外に聴覚を使っているんじゃないかなと最近思います。

学生C――関連して質問なんですが、『博士の愛した数式』の博士はだいたい幾つくらいのイメージなんですか？　五十代後半くらいの印象がありますが。

うーん、どうでしょう。普段、あまり年齢を決めないで書いているものですから。でも、映画化した際に寺尾聰さんが博士を演じられましたが、私としては、案外お若いなぁ、という印象を持ったのを憶えています。

もっというとその人が昭和何年生まれだとか、どんな顔をしているか、というような印象は案外ぼやけていて、顔は見えていないということが多いですね。だから、博士やルートくんの似顔絵を描けなんて言われると、ちょっと難しい。そこまで意識していないので。彼らがどんな喋り方をするかということなら再現はできるんですけどね。

結局のところ、目の前にいる人間の人となりを他者に説明するということを延々とやっているのが小説だと思います。一人の人間をどう説明するのか。その人物は学生であるとか、平成元年生まれであるとか、そんなつまらない情報ではなく、作家独自の切り口でその人物を読者に伝えるということは、とても重要な問題なんです。

言ってみれば人間への執着ですね。しかもそれはお金儲けや出世のような世俗的な欲求ではない。そんなものに執着したって一円の得にもならないような類のものです。それに執着し、のめり込んでしまう……そんな一種の人間の滑稽さや愚かさから生まれる哀切や愛おしさが、私にとっての人間を描くときのヒントになっていますね。

――「若草クラブ」がその好例かもしれませんね。『若草物語』を演じる四人の地味な女学生がいて、物語の中で最初、『若草物語』の登場人物であるエミィを演じていたはずの主人公は、次第に映画の中で同じ役を演じていたエリザベス・テイラーになりきろうとして、病的なまでに色々なことを彼女に合わせていこうとするんですが、最後にはエリザベス・テイラーという女優の哀しさや孤独が押し寄せてきて破綻する、という筋立てでしたね。

あれも江夏の背番号28と一緒なんです。エリザベス・テイラーも彼女の足が21センチだったということを偶然知って、へえ、西洋人で21センチの足って小さいなあ、と思ったことからスタートしているんです。藤真利子さんの話で閃いた時と同じですね。やっぱり、そういう無機質なところを入口として、人間にアプローチしていくというのが私のスタイルなのかもしれません。

学生D――『博士の愛した数式』でルートと博士の家族のような温かい愛が描かれていたのとは対照的に、『ホテル・アイリス』では初老の男と少女の支配的な愛が描かれていましたが、小川さんの考える愛とはどのようなものですか？

話が少し被るのですが、まず、人間というのは本当に愚かな生き物だから愛おしい、という自分の価値観が先にあるんです。それをどうやって表現するのかというと、私の価値観をそのまま押し出すのではなく、まず題材を描くことを優先するんです。数学というものを題材にした時に、博士とルートくんが出会う。そしてそこに情愛が生まれる。『ホテル・アイリス』だと、小さな島でホテルを営んでいる母と娘がいて、そこに通ってくる老人がいるという島のイメージ、海岸のイメージを膨らませていくと、あのような形になるわけです。だから、小説の中の家族愛や人間愛、恋人同士の情愛がどこに向かっていくのかというその方向性は、作者の私よりも小説が決めているところが大きいように思います。

学生E――小説を書く時は登場人物の声に耳を澄ませるということでしたが、その登場人物たちの声が聞こえなくなる瞬間というのはありますか？

時々どうやってスランプを脱しますかということを訊かれるんですが、正直に言うといつもスランプなんです。登場人物の声も机に向かって、昨日書いた原稿を読み返しているうちに自然と聞こえてくれれば楽なのですが、それができるのは才能のある人だけでしょうね。

基本的にはとにかく集中して、自分を物語の世界に没入させてしまうことです。そうして登場人物たちを邪魔しない位置に立って、じっと耳を澄ませるほかありません。ただ、一行書くと次の一行が見えてくるということがあるので、スランプのときにどうするかというとやっぱり書くことしかありませんね。

学生F――小川さんの文章に出てくる小道具はその使い方というのか、存在感がすごいなと思っていて、『いつも彼らはどこかで』ではビーバーなどの動物も小道具のように扱っているのが印象的でした。微妙な距離感というのか、それが人よりもむしろ丁寧に描かれているように感じたんです。そういう描き方というか、普段の物の見方について教えて下さい。

実は彼が書いてくれた質問を予め拝読していたのですが、なかなか鋭い読み方をしてくれているなと感心しています。つまり彼はいろいろな小道具が見事に作中で使い捨てられることがない、一つ一つにちゃんと意味があって虫の知らせのように機能するという表現をしていて、私としてはとても嬉しく思いました。

伏線が回収されると読んでいて気分がいいものですが、それを意識的にやると途端に小さくなってしまうんですよね。だから、ビーバーの小枝でもそれが何を意味し、なにを象徴しているのかについて、作家はむやみ手出しせずに、ただ、ビーバーの小枝だけを描写したほうがいい。そうすると自ずとビーバーの小枝から読者が何かを受け取ってくれます。そういう言葉の使い方、文章の練り方というのはジグソーパズルのようなもので、無意識に書くのではなく一語一語を意識して、絶対にこの言葉でなければならないのだという言葉をそこ当てはめていくことです。そういう書き方には、物の描写がよく適しているのだと思います。

――『不時着する流星たち』の中にもありましたね。子宝に恵まれない夫婦が文鳥を飼うという話ですが、一見、子どもの代わりに文鳥を愛でることで寂しさを埋め合わせているものだと思っているとまったく違うところへ着地……不時着するんですけど、これもやはり描写する言葉が思いがけないフィクションを呼んで、予定調和じゃなくてしかも深いということを実現しているんだなと思いました。

最初に人間の内面は言葉で表現できないという否定からスタートしたんですが、これは裏返すと、実は言葉というものは人間が意識しないものを表現できるということでもあるんです。辞書に載っていない意味を、人間の意識の外にある意味を言葉は隠している。その隠れている言葉を、言葉が隠すものを一生懸命こちらに手繰り寄せることが、我々作家の仕事なのだと思いますが、

これは実に手間のかかる作業で、やはり書くということは面倒くさいことだなと思います（笑）

学生G——無機質なものから人を描くということでしたが、実生活の中で物になにか感情を感じたり、人の気持を感じたことはありますか？

案外、実生活では人に感動することが多いです。いつも小説で耳を澄ませるようにして目に見えない人々と対話しているので、小説を離れた実生活の時くらいは生身の人間の声を聞きたいと思って、よく舞台を観に行くんです。そうすると、普通の人の十倍くらい感動してしまいます（笑）。

学生G——具体的にどんな舞台がお好きですか？

文楽やバレエですね。日頃、言葉に支配されているので、クラシックバレエなどの二時間、三時間、誰も一言も発しない世界の感動は、なにかとても素晴らしいものであるように思えるんです。言葉や文章で「あなたのことを愛しています」と書いてあったらなんだか嘘くさいな、と思うのに、歌劇で「I love you」と歌われたらズキンと心に突き刺さる。私が舞台を観に行くのは、ある意味では言葉の呪縛から逃れて自由になるためですね。言葉では伝えられないものを、人間の肉体や歌声など言語以外のもので表現しているところが、舞台の魅力かなと思います。

学生H――小川さんの描かれる世界はどこでもないような場所であることが多いように思うのですが、今後、ご自身の故郷である岡山などの何か土着性のある場所を舞台にした作品を書かれる予定はありますか？

インタビューでもよく「次回作の構想は？」と尋ねられることがあるのですが、これは本当に答えにくい質問ですね。一作書き終えると頭の中は空っぽになっているので……。むしろ敢えて空っぽにしておくことで、そこに飛び込んでくるものを抵抗なく受け容れられるように、純粋な水を溜めておくようにしているんです。

いつかそういう、自分の故郷が色濃く反映されたような舞台が出てくることはあるかもしれませんが、次の作品に自分がなにを書くかについては、やはりその時になってみないとわからないと思います。計画があるわけではないですし、こういうものをいつか書きたい、という先の見通しも持たないので、本当に偶然に巡りあわせたものによって次の作品は決まっています。

学生H――もう一つ。よく書評などで小川さんに触れたものを読むと、「小川さんは品位、品性を大切にされている」ということを見かけます。確かに、小川さんの書かれた作品を読むと、心はあるけれどもすこし冷たいような、絶対に熱狂はしないような人物が多いように見受けられるのですが、小川さんの中でこの人物は熱くなりすぎたな、と思うような登場人物はいますか？

私があまり熱い人間を描かないのは、先ほどもお話した耳を澄ませるということに繋がるのですが、声の小さい人が好きだからなんです。大きな声で自己主張ができない、小さな声の人、そういう登場人物の方が私は好きです。

むしろ、熱くなりすぎている人を上手に描いてみたいですね。そういう人を描くほうが難しいので。

学生――先ほど、「一作書き終えると空っぽになる」とおっしゃっていましたが、その後は舞台を観劇するであるとか、具体的にどのような形で新しいインプットをしていますか?

出会いって、どこにあるかわからないですよね。それはテレビをつけた瞬間かもしれないし、誰か新しい人に出会う時かもしれない。閃きというのは本当にいつ来るかわからないので、油断ならないですね。一度取り逃すと、次はもう永遠に来ないかもしれないですから。次の作品へのヒントが転がっている場所がわかれば、苦労はないのですが。

一作書き終えて、空っぽな状態になってから待っている時間というのは存外に長い。極論すれば書くのは自分なんだから、自分で生み出してしまえばいいんですけど、それよりはじっと待ってその苦痛に耐え、内側から聞こえてくる声にいかに耳を澄ませられるかが大切だと思います。締め切りが近いからといって、こちらの都合で無理やりに練りあげて作ったものは大抵面白くありませんから。やはりいい物を書くには、機を待つ辛抱強さを持つことだと思いますね。

第 6 章　全作品解説

Chapter 6　Comments on All of Literary Works of Yoko Ogawa

神田法子

Written by Noriko Kanda

【INDEX & BOOK DATA】

（初版刊行年順、文庫は最新の出版元を表記、＊印は電子書籍版あり）
※本文中は初版年と出版元のみを表記しています。※データは 2021 年 7 月現在

予感に満ちた慎ましやかなデビュー作

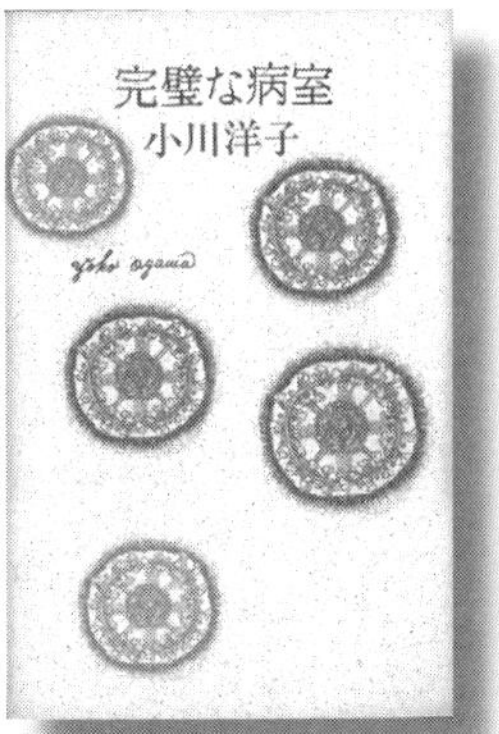

『完璧な病室』
（1989 年　福武書店）

デビュー作にはその作家のすべてが秘められている、という説があるが、それは読者の立場から後出しじゃんけんで勝って喜ぶようなもので、作家からすると迷惑千万な言い草だろう。しかし、敢えて、ここではいろいろな予感に満ちた、小川洋子のデビュー作を含む二つの作品が収められたこの本を考えてみたい。

　海燕新人賞を受賞した「揚羽蝶が壊れる時」、そして本来ならばデビュー作になるはずだったという「完璧な病室」。この二作に共通して読みとれる（そしてその後の小川作品の行方を暗示している）のは「病的なもの（あるいは病そのもの）を見つけてしまう／見つめてしまう目」であろう。世の中では、まるで正常なもの、健康的なものが標準的であるかのように扱われているが、すべてにおいて満たされたものなどほとんど存在せず、みな何らかの形で欠落や過剰を抱え、病と隣り合わせの位置で生きている。小川洋子は、そんな日常生活にあふれる病的なものを敏感にとらえる。病魔に冒され死に近づいていく弟を描く「完璧な病室」、認知障害のでた祖母と精神を患ってしまった母が登場する「揚羽蝶が壊れる時」と初期作品では直接的に病気を描く形になっているが、後にこの病的なるものの興味・視点はさまざまな形で進化して、小説世界へと昇華されていくことになる。だが、小川洋子は病の異常性を悪趣味に書き立てることはしない。そこには病的な要素を抱えながら淡々と生活を生きるもののつつましさも、併せて描かれている。この「つつましい（慎ましやか）」という表現は、彼女の小説を一貫する価値観を象徴する言葉として、小川洋子のほとんどの著作に登場することになるのだが、この作品集にも印象的に使われているのに注目したい。

余談ながら、福武文庫版に掲載されている早稲田大学文芸専修時代の恩師・平岡篤頼氏の解説からは、当時ものを書く大学生として教室にたたずんでいた彼女の存在感が、大変慎ましやかで、それゆえに際立ったものであったことが感じ取れ、非常に興味深い。

ふと気づいてしまう、という感覚

『冷めない紅茶』
（1990年　福武書店）

表題作「冷めない紅茶」は、主人公である「わたし」が「こちら側の世界／あちら側の世界」（この概念もこの後小川洋子の小説世界を分析する重要なキーワードとなる）を行き来する不思議なシチュエーションが描かれている。同級生の死をきっかけに再会したK君とその恋人との交流、そのささやかなやりとりの中で、主人公は、ふと気づいてしまうのだ――K君とは何者か、そして「冷めない紅茶」とは一体何であるのか、ということを。小川洋子の小説、特に初期の作品では、この「気づいてしまう／見つけてしまう」感覚がよく登場する。英語の構文の例としてよく使われる“I found him sick.”（私は彼が病気であることに気づいた）と表現されるような、敢えて探した結果得るものではなく、そこにすでにあったものからふと何かを受け取るというような感覚に近い（この英語的な表現による感覚は小川洋子が敬愛してやまない、英語的な発想で自らのスタイルを築いた村上春樹の影響があるのかもしれない）。実際にそこにはない場所である「あちら側の世界」の存在に、読者は読み終わってから気づかされる。そのとき残る不思議で不気味な感触は「あちら側の世界」が美しければ美しいほど強く残り、そこに病的なもの、死を感じさせるものに強く惹かれる小川洋子の感性が光っている。
「ダイヴィング・プール」の舞台が「完璧な病室」の弟の主治医の先生が語る孤児院に酷似していることは、すぐわかるだろう。小川洋子の小説には、このように同じモチーフが、時に登場人物の性別や設定・視点などを変えた形でよく登場する。おそらくこの孤児院は作者が幼少期に親しんだ金光教教会の記憶が変形して生まれてきたものだと思われるが、そういった繰り返し用いられるモチーフが登場する「相似の関係」にある小説の、共通点と相違点を検証していくのも面白い。この小説では、永遠に孤児院の子どもでなくてはならないという設定が、思春期の少女の恋心と、自らの環境に対する苛立ちによって、絶妙の展開を見せている。そしてここで描かれる「水泳をする少年」も、この後さまざまに形を変えて登場する、小川洋子の原体験的な人物造形と言える。

「わからない」食欲の行き着く先は？

『シュガータイム』
（1991年　中央公論社）

原因不明の食欲に取り憑かれ、ひたすら食べた物を日記につける主人公のかおる。平凡な日々を送っていた彼女が、この奇妙な「病気」になった理由は「わからない」まま、ストーリーは進んでいく。ただ「病気」になる前に小さな身辺の変化があったことは明かされている。ホテルのレストランでアルバイトを始めたこと（残り物をみんなで平らげる「儀式」がある）、そして小さな（年少なのではなく病気で成長の止まった）弟と身近に暮らすことになったこと。これらの事実を食欲異常にこじつけようと思えば簡単にできる（アルバイトで食習慣あるいは満腹中枢が狂い過食傾向に至ったとか、成長の止まった弟を見ると反動的に食べて大きくなる自分の正常を確かめたくなる心理が働くとか）。だが、小川洋子の小説世界では、そのような理由づけによる着地は敢えて避けられる。かおるは『家庭の医学』をひもといて、自分と同じ症例が見つからないことに首をひねりはするものの、病気と自分の身辺状況や心理状態を無理矢理結びつけて納得しようとしたりはしない。ただ「わからなさ」と同居しながら日常が進んでいくだけだ。さらに、淡々と語られるかおるの平凡な生活の中で、恋人の吉田さんが性的不能であることが明らかになる。だが驚くべきことに、この事実さえも彼女には何の重要性も持たない。二人でそれを克服しようと試みようとさえせず、ましてや俗説にあるような性欲と食欲の相関関係に思いをめぐらせて悩んだりすることもない（小川洋子は一般的な性愛にこだわらないというのは彼女の小説を読み解いて行くうえでの重要な鍵だ）。とにかく「原因→結果」という図式的な筋道の通し方は、この小説でも徹底して拒否されている。「わからなさ」の行方はどこなのか。最後、吉田さんとの恋は静かで悲しい終わりを迎えるのであるが、かおるはそれを受け入れる場所（食欲の拠点であったサンシャインマーケット）を正しく選んでしまう。恋が終わることも、そこであれば泣かないことも、最初からわかっていたように。それぞれの「わからなさ」は、実はすべてをわかりきっていたうえで用意されていた——その不思議な感覚を描ききった小川洋子初期の集大成的作品といえるだろう。

あまりに近いあちら側の世界に向けた悪意

『妊娠カレンダー』
（1991年　文藝春秋）

芥川賞受賞作にして、小川洋子の名を広く知らしめ、彼女の初期の小説の中では最も多くの人に読まれたであろう、代表作の一つに数えられる表題作「妊娠カレンダー」。タイトルのイメージから母性にあふれる小説と誤解して読むと少なからずショックを受けてしまうであろう(小川洋子の小説のタイトルは一筋縄ではいかないニュアンスに富み、常に輝きを変えるプリズムのような役割を果たしていて本当に素晴らしい)。この作品はデビュー作からの流れで見てくるとやや異端的な要素を持つ。まず姉妹という同性の歳の近い家族の関係を描く作品はそれまでなかったし、日常的な生活を描いたリアリズム小説的な様相を呈しているという意味で、幻想世界との行き来を描いてきたこれまでの小説とは異なる。悪阻に苦しみ、その後食欲にとりつかれてどんどん食べて太る姉。その過程を白々した目で見る妹、そしてそこから妹に目覚めるほのかな殺意――。グレープフルーツジャムを作るという行為をもって向けられる殺意がどこまで有効かはわからない。むしろすぐに影響は現れずお腹の中の胎児と共振するかのように悪意と殺意がすくすくと成長していく。主人公にとって、姉という自分と同じ環境で育ち同じ遺伝子を引き継いだ、(両親はすでに他界しているので)唯一の近しい肉親である存在の内部に理解不能な「あちら側の世界」が広がっている。元々精神科医にかかるなど繊細なところのある姉だが、悪阻で別人のようになり、さらには肥満でグロテスクさすら備えている。義兄という よくわからない存在(歯科医院で技師である彼に覆い被される擬似的体験をしても)も絡み、農薬の蓄積されたグレープフルーツジャムによって密かに破壊を試みる闇の深さを描いたという意味で新しく、唯一無二の存在感を放っている。

併録作の「ドミトリイ」は従弟と義足の寮長をめぐるミステリタッチの、「夕暮れの給食室と雨のプール」は暮れなずむ夕日のような温かい記憶の断片を描いた秀作で、小川洋子の作家としての幅の広がりと熟練を感じさせる一冊である。

指先への恋が引き寄せる幻想的な世界

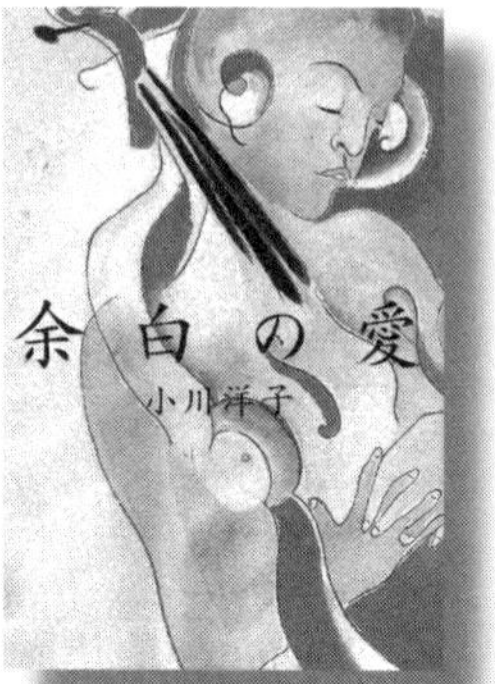

『余白の愛』
（1991年　福武書店）

突発性難聴の患者による座談会に出席した際、立ち会った速記者の指先に魅せられる——そこから始まる不思議な交流、「こちら側の世界／あちら側の世界」の行き来を描いた小川洋子本領発揮のモチーフである。

それにしても小川作品の登場人物は、相手の身体の一部分（指先や耳、あるいは声）に惹かれて恋をすることが多い。我々読者はその恋人の性格を表すエピソードや恋に落ちるまでのストーリー、あるいは顔や背格好を表す描写をもってしても、恋人の全体像として把握することは難しい。そこに描かれているのはあくまでも彼らのディテールである。繊細に動く指先や心に響く声によって感覚的に揺さぶられる——その微妙なあわいの感情を恋と名づけ、お互いの空気の振動や響きに馴染んで存在できる二人を恋人と呼んでいるのではないか。そしてこの小説では、そんな小川流の微妙な恋が、幻想的な舞台で展開してゆく。

速記者のYの第一印象は、その密やかな存在感である。それから彼の際立った指の動きに惹かれた主人公は、その指の秘密を聞くために彼と会うことを切望し、その気持に呼び寄せられるようにYは現われる。会見のたびに彼の持つ幅広い知識や、語られるY自身の過去などによって、Yという人物の像が広がり深まっていくのだが、それに従って「あちら側の世界」がどんどん主人公に迫り寄ってくる。Yとは誰なのか、そしてYと行った博物館は本当にそこにあったのか――そんな疑問を提起するエピソードが挿入されつつも、Yによって繰り広げられる、青インクと特別な用紙で刻まれる「余白の愛」に引き込まれていくさまは、実に妖しい魅力で、読者をも夢中にさせる。最終的に、主人公は「あちら側の世界」（この作品内ではYによって「記憶の世界」と名づけられている）の存在、そしてYがそこの住人であることにも気づきながら、結局は「こちら側の世界」に引き戻されてしまうのだが、記憶のねじれから解放されるクライマックスのYとのダイアローグは夢のように美しい。

　この小説は、小川洋子自身がデビュー間もない頃に初めて体験した座談会に立ち会っていた速記者の指の動きに触発されて書いたものだ、と後にエッセイできっかけとなった実話を明かしているが、当の速記者氏がこの小説を読んだら、ロマンティックに仕立てあげられた自分の指先をどう受け止めるだろうか。

深いところで響きあう初のコラボ

『アンジェリーナ
佐野元春と10の短編』
（1993年　角川書店）

小川洋子が愛してやまないミュージシャン・佐野元春の楽曲からインスピレーションを得て書かれた十の短篇（長編『シュガータイム』やデビュー作「揚羽蝶が壊れる時」の元となった大学時代の卒業制作のタイトル「情けない週末」は佐野の楽曲から取ったもの。この短篇集に所収の「情けない週末」はタイトルを同じくして別作品として復活した）。『月刊カドカワ』で一九九二年から九三年にかけて連載されたものだが、あの頃の『月カド』は本当にすごい雑誌だった。まず日本の音楽シーンに勢いがあったし（まだJ-POPという言葉が生まれる遥か前、そんなレッテル貼りができないくらいの多様性とパワーがあった)、表現したいというエネルギーを強く持ったミュージシャンが求心的に『月カド』集まって、音楽とは異なるベクトルを持つ作品が生まれていくのを楽しみに読んでいた記憶がある。中でも佐野元春は、歌唱力、ルックス、そして曲作りのセンスにおいて頭一つ抜けた才能を示し、当時から若きミュージシャンたちのよい兄貴分であり音楽シーンのリーダーといった存在だった(小川洋子にとっても自分より少し年上の憧れの存在だったに違いない)。そんな中で(当時の編集長であった見城徹氏の熱心な仲介もあったというが、以降小川洋子がさまざまなコラボで独自の世界を展開していくことを考えれば慧眼というしかない)実現したミュージシャン・佐野元春と作家・小川洋子のコラボレーション。自分の大好きな歌の行間を読み取ってストーリーを作るのは、音楽好きなら頭の中で試みたことがある経験だろうが、それを作品として完成させるのは難しい。だが小川洋子はそれを見事にやってのけている(最初は緊張しながら、でも途中からは心から楽しんで、と本人も文庫版あとがきで述べている)。生まれた短篇たちは、佐野元春の曲の歌詞のストーリーをなぞってはいない。また佐野が「〜だぜ!」「Come on, Baby!」と力強く歌い上げているのに比べて、かなり繊細で物静かな口調で語っているような気がする。だが「ニューヨークから流れてきた淋し気なエンジェル」と、駅のベンチにトウシューズを忘れたアンジェリーナは確かに同一人物だし、「恋のビブラフォン」を「上手くハモれない」彼女とレンタルファミリーに務めるベジタリアンの彼女は別人のようだが「彼女はデリケート」と形容されるのにふさわしい存在なのである。ひとつの創造物として深いところで響き合うハーモニーを楽しみたい一冊。

消滅をめぐるルールに支配された世界

『密やかな結晶』
（1994年　講談社）

小川洋子がフィクションを構築してゆくうえで、新境地を開くと同時に、一つの到達点をなしたというべき作品。それまでの小説では、現実の世界と不思議な世界を行き来するさまを描きながら、この世界の輪郭に波紋を投げかけてきた作家が、この作品では思い切って、現実から切り離された不思議な秩序に支配された世界を作り上げ、見事に描き切っている。

そこに存在するのは、「消滅」というルールに則った生活が営まれる島。ある日なくなる定めを負うものが決められ、人々はその事実を知ると、名残を惜しみながらそのものをすべて処分し、そのものにまつわる自らの記憶も抹消する。そうしてオルゴールや香水、エメラルドなど島を彩っていた物たちがなくなっていった……。ファンタジックでもの悲しい世界（その世界観はポール・オースターの『最後の物たちの国で』を思わせる）がひとつひとつの設定を細やかに描写し積み上げてゆくことにより完璧に造形されている。さらに、島に住む記憶を手放さない人たちは「秘密警察」によって捕らえられてしまう、というルールがあり、物語は一層の高まりを見せる。小説家である女主人公の担当編集者R氏が、実はこの「記憶を隠し持つ人」であることを知った彼女は、彼を匿うことを決意するのだ。このあたりのエピソードは『アンネの日記』の隠れ家のくだりを彷彿とさせる（並々ならぬ緊張を強いられる隠匿生活、狩り立てられる人々を絶対に守り抜くという意志を貫いた史実が新たなフィクションのエピソードとして生まれ変わっている）。そんな中、島からは「小説」が消え、やがて人々の肉体も消え始め、記憶を持つ人たちは解放される結末を迎える。

小川洋子は、なぜこんな異様な世界を作り上げたのか、ものを書く上で彼女が何より大切にしてきた「記憶」というものを根底から覆すこの小説は「記憶＝小説」というものに対する彼女の新しい挑戦ではないだろうか。丁寧に作り上げられたひとつの世界を消滅させる結末は、どんな迫害にも屈しない、書き続ける意志の勝利を物語っているように思えてならない。

記憶を変形させ、保存するシステム

『薬指の標本』
（1994年　新潮社）

デビュー以来、小川洋子が創作の源泉とし、作品の中で重要な役割を果たしてきた「記憶」を、標本という形に作り上げることで保存する試み。この記憶を保存してみせる行為は、彼女にとって小説の執筆という営みそのものであるといってもいいのではないか。それほど執拗に小川洋子は記憶の変形というモチーフを追求している。

この作品で、注目すべきはまず標本室というシステムとそのロケーションである。来訪者は標本を真に必要としている人であれば、地図を見なくても標本室に辿り着けること、広告や事務員は保存したいものと記憶をヒアリングしてタイプ打ちし、それを元に技術士が地下室で標本にする。独自のルールに支配された空間が、細やかな描写で作り上げられていくところから、小川洋子の生み出す「あちら側の世界」は始まるのだ。そして主人公である事務員をその世界につなぎ止めるために、プレゼントの靴（かつてないほど足にぴったりと一体化する）が用意される。途中何度か来訪者たちによって現実に引き戻されるようなエピソードもあるが、主人公は最後には自らの意志で「あちら側」の住人になることを決意する。自らの薬指の記憶を標本に差し出すことによって……。この顚末に、異様な世界とわかっていても小説に向かっていってしまう作家の自覚と意志を感じ取るのは深読みだろうか。記憶の世界に溺れるのは危険なこと、でもそれを書かずにはいられない、というような強い気持を、小川洋子は形を変えて繰り返し描いているように思えてならない。

なお、本作は二〇〇五年にフランスの女性監督ディアーヌ・ベルトランによって映画化されている。出版より十年の時を経て、舞台も登場人物もフランスを軸に置き換えられているが、まったく違和感なく、かつこの小説のエッセンスを損なうことなく表現されており、小川洋子の幻想の世界は普遍的なものであることがわかる。ヒロインは当時トップモデルとして活躍し後にボンドガールとなるオリガ・キュリレンコが初々しく可憐な魅力を見せつつ、映画独自の設定であちら側とこちら側の人間を巧みに配し、不在の意味を色々な形で問う魅惑的な作りになっている。

併録作の「六角形の部屋」は、自らの記憶を語る秘密の部屋の存在を見つけてしまう女性の話だ。スポーツクラブで見かけたおばさんミドリさんが気になって追いかけるところから、何もない、誰にも話を聞かれない六角形の小部屋にたどり着き、話したいことを思いつくまま話すというシステムによって主人公の隠していたエピソードが放たれるまで、実に巧妙な手段で描かれており、ここにも小川洋子の記憶の残滓をあざやかに変化させる小説のマジックが披露されている。

少女から脱する歪みや痛み

『刺繍する少女』
（1996年　角川書店）

小川洋子作品には老若男女という言葉がふさわしく、いろいろな年代、性別の語り手、登場人物が設定される。この短篇集では特に少女と女の存在が目立つ。

人の死を予感するかのようにベッドカバーの刺繍をする少女、可愛くないのに美少女コンテストに出て毒を吐く少女（とそれに感化される美少女）、自分を王女だと思い込んでドレスや宝石をコレクションする女、寄生虫になって恋人の目玉をくり抜きたいと願う女など、どこか一本道を踏み外して逸脱してしまったような過剰さと、彼女たちは本当にそこに存在するのかという危うさを併せ持った、不思議な狂気を帯びた人物像が、端正で慎ましやかな描写で丹念に描き出されている。

人物の描写には効果的なアイテムが使われており、例えば少女性を象徴するリボンや刺繍糸（紐状のものは飾り物としてだけでなく何かに結びつける役割も果たす）や、特別な存在であることを象徴するドレス、幸せな時間を約束するケーキなどが登場する一方、その汚れやほころび、それによってできるシミといったように触れたり使ったりした人間による生々しい痕跡も描くことで、守られるべきイメージが壊れるバリエーションの分だけ、人の個性になることを間接的に描いているようにも見える。

珍しく男女の性愛の爪痕を直接的に思わせるシーンのある短篇も目立つ。ぜんまい腺を引き抜く女とベッドを共にしている時間、図書館で寄生虫図鑑を見て向かいのマンションで不倫の関係を持つ女、堕胎を経験したカップルなどは、少女を脱して女になる時（あるいは女になって少女を振り返る時）の痛みが微かな狂気と共に描かれている。

この短篇集に通底する残酷性、奇異な印象というのは、少女から女へ、そして個別の肉体や体験を持つ自分になる時に発生する痛み、うまく着地できなかった不恰好な惨めさといった歪みから発生している。平凡な日常生活の中に密やかに紛れている狂気と出会う瞬間を磨き抜かれたディテールで鮮やかに描き出している。

人魚姫のおとぎ話のような性愛

『ホテル・アイリス』
（1996年　学習研究社）

海辺の街のホテルと海を挟んだ離れ島を舞台に繰り広げられるドラマ。作者自身の言葉を借りれば「十七歳の美少女と中年の翻訳家による死に向かわざるを得ない恋の物語」では、少女と中年男性のＳＭ行為を通しての性愛が描かれる。例えばこんなふうに。「「やめて」／はじめてわたしは思いきり叫んだ。男は両頬を叩いた。（中略）／男はさっきまで暗闇にあった指を、わたしの頬で拭った。ねばねばしたもので顔が濡れた。」男の動きが丁寧に記され、寒気から痛み、快感に至るまでの過程が、粘液や唾液、悲鳴が飛ぶさまも交えて、文庫版で三ページ以上にも及んで描かれるのだが、その細やかな記述にもかかわらず、不思議とリアリティがないのはなぜだろうか（例えば村上龍の『トパーズ』のＳＭ描写と比べるとその差は明らかだ）。逆にこの小説でリアリティをもって読み手に訴えてかけてくる部分に注目してみると、それは例えば少女の働くホテルのディテールだ。彼女の仕事の煩雑さや、お客が出入りする様子などは、実にリアルで、客室のシーツの汚れや残飯の臭いまで想像できそうだ。そこには間違いなく日常が存在し、少女はそれに紛れるように暮らしている。だが、男の世界は、街の花時計の前で待ち合わせし、連絡船で海を越えて行ったところにある。この境界線が、何とも不思議な雰囲気を醸し出しているように読めるのだが、後に作家自身が「この海は自分の生まれ育った瀬戸内海とフランスのサン＝マロの海を合わせてつくったもの」と明かしているのを読んで納得した。これは想像で作り上げられた海であり、ファンタジックな世界への入り口なのだ。そしてご丁寧にも、島では、人魚姫のように舌を切られた中年男の甥が登場したり、海の泡となって消えてしまう少年の話が男の口から語られたりする。このようなおとぎ話を思わせる装置がたくさん用意されて初めて、性の儀式という究極のファンタジーがおもむろに始まるという展開になっているのではないか？　そのような視点で考えると、このSMプレイは、めくるめく夢のような快感を次から次へと展開し、少女をとりこにするが、おとぎ話の定石としてやがては悲しい終わりを迎えることが容易に想像できる。そして、本当に中年翻訳家は、自分の語った話をなぞるように（あるいはアンデルセンの『人魚姫』の結末のように）海の泡となり消えてしまうのだ。小川洋子作品の中でも異色の印象を与えるこの小説は、エロティシズムをおとぎ話に昇華した、形を変えた「あちら側の世界」の物語とも言えるだろう。

肉体関係より激しい嫉妬をもたらす精神性

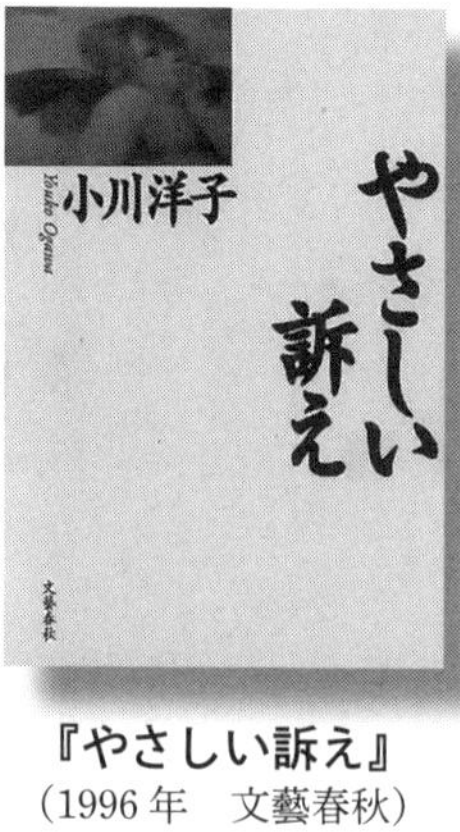

『やさしい訴え』
（1996年　文藝春秋）

この小説を端的に要約すると「医師の妻である女主人公をめぐる二つの三角関係」となり、まるでワイドショーか昼メロのような展開を想起させるが、そこは恋愛や性を安易な図式のストーリーに集約させない小川洋子である。ここで語られるのは、複雑かつ微妙な、恋愛と嫉妬のある種の究極の形とも言える。

三角関係の一つめは、主人公の瑠璃子―医師である夫―その愛人。瑠璃子は夫の不実に気づきながら、それを責め立てることはせず、ただ打算的な結婚生活から逃れたいために、山中の別荘に身を寄せる。そこで出会ったチェンバロ職人の新田氏、助手の薫さんと素朴で温かい交流をはぐくむが、新田氏に心惹かれるようになった瑠璃子は、彼と関係を持ってしまう。そして二つめの三角関係が生まれるが、瑠璃子はチェンバロ作りを媒介にした薫さんと新田氏の精神的な結びつきの絆に自分は入り込めないと気づく（あるいは気づいた上で関係を結んだのかもしれないが）。この二つの関係を描くことで明らかになっていくのは「肉体を介した愛よりも精神的な愛の方が、より強い嫉妬をもよおさせる」という一つの恋愛観だろう。瑠璃子は夫の愛人にはさして嫉妬はしない。ただ煩わしさから逃れたいと感じるだけで、本人が目の前に現れても、感情をかき乱されることはない。逆に新田氏との肉体的な関係をいとも簡単に手に入れてしまったにもかかわらず、薫さんに優越感を抱くどころか、より強い嫉妬と劣等感に苛まれることになるのだ。新田氏の指先や声に、心を揺さぶられて恋心が深まっていくさまに比べ、あまりにもあっさり性の関係が成立してしまう、その簡単さ故の危うさを、小川洋子は熟知している。その上でこの微妙な関係の、それでも互いを愛おしむ恋人たちを描いているように思える。

この小説はアンティーク好きである作家の趣味を反映させ、実際に山形にあるチェンバロ製作の現場を取材したり、カリグラフィーに関する調査をしたりした上で書かれている。そのエレガントなディテールが、登場人物たちの感情に寄り添いつつ美しい和音を奏でているかのようだ。

死と狂気が連なっていく奇妙な光景

『寡黙な死骸　みだらな弔い』
（1998年　実業之日本社）

冷蔵庫の中で息子が死んでしまった現実を受け入れられずに洋菓子店でケーキを求める女を描いた「洋菓子屋の午後」から、この十一編のストーリーは始まる。以降、キーウイの詰まった倉庫、人の手形のニンジン、小説を書いて生活する女、白いベンガル虎を飼う博物館主など、それぞれの作品内にあるモチーフが少しずつ共有され、ストーリー同士が奇妙に連動しながら、また新しい死と狂気が生まれていく様を描いた、非常に技巧的な連作短篇であると言える。

ここで描かれる死の形態は、さまざまだ。不倫の末相手の女に刺されて殺される男、はみだした心臓を収納するバッグを注文した職人にはさみで心臓ごと切り取られる女、部屋にあふれた物に押しつぶされて窒息死した男など、ありふれたものからかなり猟奇的なものまで、死にはこんなにたくさんの種類があったのか、と感心させられるほどだ。病の究極の結果である「死」に至った時、その観察眼と想像力が突き抜けて生まれた結果がこの死のコレクションといえよう。

そして、残された人間に死が投げかける影響は、さらに複雑で多様だ。狂気のヴァリエーションのようなこの連作短篇を読んでいると、死そのものよりも生きていることの方が猟奇に満ちた恐ろしいものなのではないか、と思ってしまうほどだ。死と生が偶然の巡り合わせによってひとつの流れに連なりをなしていくこの奇妙な光景はいったい何なのか。小川洋子は、これらの作品群を『寡黙な死骸 みだらな弔い』と名付けた。死というものは、日々続く生活の中で音もなく一人の人間の存在が消えてしまうこと、すなわち、死骸は沈黙である。だが、残された人間はその穴を埋めるべく狂いながら、ドミノ倒しのようにくずおれていく。その懸命ながらも恐ろしく的はずれで、不気味とさえ言える残された命たちの狂宴を、みだらな弔いとして描いているのだ、といえるのではないだろうか。

恋人の不在を指でなぞるように

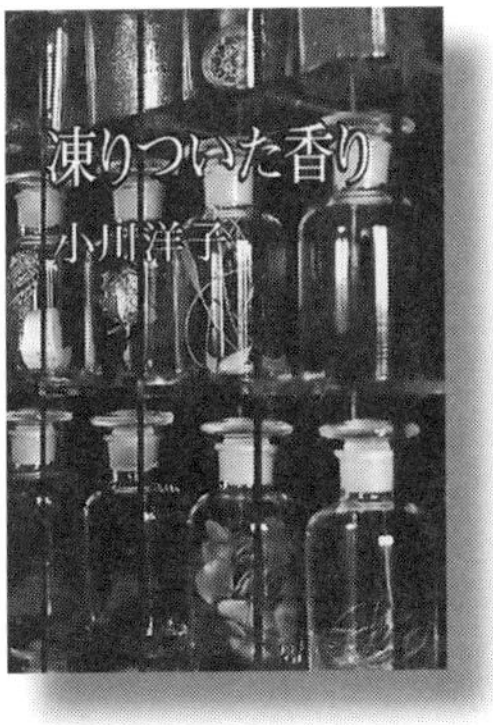

『凍りついた香り』
（1998年　幻冬舎）

小川洋子の描く「恋人」は何かを失った人であることが多い（性的能力を失った『シュガータイム』の吉田さんや、脅迫障害症の『貴婦人Aの蘇生』のニコなど）。何もかも満たされることなんてあり得ず、誰しもが何らかの形で持つ欠落の部分に興味を引かれるという推論は、『完璧な病室』における「病への興味」を引き合いに出すまでもなく、小川洋子の恋愛における欠けた要素に惹かれる、欠落を気にせずむしろその部分を愛する恋人同士の関係を美しく切なく描き続ける傾向が見て取れる。その理屈で言うと『凍りついた香り』のルーキーは究極の恋人と言えるかもしれない。彼は二重の意味で「失われている」のだから。一つは彼が自ら選んだ死によって、もう一つは抹殺された過去の記憶によって。

葬り去られた過去をたどって、死の謎を追ってゆく旅が始まるのだが、そこに魅惑的なディテールがいくつか用意されている。まずは何と言っても「数字」である。小川作品の典型的な恋人像に見られる特徴にもう一つの要素を付け加えるならば、理系の男性が多いことが挙げられるだろう。医者、研究者、技術士など登場人物の職種に理系の専門職が多いのは、別に作家自身がその方面に造詣が深いと言うわけではなく、むしろその逆で数字と科学的な論理に常に触れている男性を自分と違う次元（「あちら側の世界」）でものを考えられる人という漠然とした距離感と憧れが入り混じったような立場としてとらえているのだと思われる。この小説の恋人・ルーキーは数字に特別な才能を持つ人物として描かれる。数字の羅列を立体的なストーリーのように瞬時に解釈し、わかりやすく説明してくれるルーキーの姿は愛おしく、でもどこか遠い世界にいるような存在感を漂わせていた。が、彼女が知っていたのは彼のごく一部にすぎず、かつて天才と呼ばれた過去の栄光を死後知ることになる。数々のコンテストでの優勝経験、そしてある事件をきっかけにした失踪。その事件を糸口にした彼の過去の物語を探る事になる。そして「香り」。これは主人公がよく知るルーキーを象徴すると同時に、彼の記憶や彼に対する愛おしさの感覚を激しく揺さぶるものになる。また「スケート」は、未知のルーキーの側面として、また彼の過去と現在をつなぐ要素として滑らかに、かつ鮮やかに登場する。神秘的に絡み合うこれらのディテールは、恋人の不在を指でなぞるような主人公の情熱を美しく彩り、単なる謎解きミステリに終わらない、恋と幻想の物語に昇華させている。

死の沈黙をコレクションする試み

『沈黙博物館』
（2000年　筑摩書房）

かつて『薬指の標本』で試みられた「記憶＝それぞれの人の歴史」を保存するというモチーフを、人々の遺品（＝生きてきた記憶を象徴するもの）を収蔵する博物館という空間を作ることで実現しようとした長編小説。『密やかな結晶』で作り上げられた不思議なルールに支配された世界を新たな形で作り込み、ファンタジックな世界の中にほのかな不気味さを漂わせる作品となっている。主人公は村に呼ばれた博物館技術士（通常でいう学芸員と行政官、建築家がやる仕事が混じったような不思議な職業。記憶を加工することを特殊な「技術」と確信する小川洋子ワールドのルールならではの仕事となっている）。村の歴史を独自の暦で記録し、また村中の死者からその人の生を最も象徴する「遺品」を認定しては盗み、コレクションしてきた老婆と、その養女から依頼され、彼は「沈黙博物館」を作ることになる。途中から、技術士は老婆から遺品収集の仕事を引き継ぐこととなり、村人たちの死に近い場所で生きることになる。この不気味なルールは、記憶そして死というものへの作家の関心が結晶してできあがった、小説の中で一つの世界を作り上げる究極の試みだ。加えて「卵細工」や「沈黙の修行僧」といった神秘的な存在を随所にちりばめ「あちら側の世界」を巧みに構築しているのが読みとれる。主人公の意識がずっと「こちら側」にあることは、彼が現実の世界の兄に出した手紙から明らかだが、それは実は配達されず、目の前で燃やされる瞬間の絶望を描いているシーンがこの小説世界を鮮烈に象徴している。遺品収集や記録文書の作成などの積み重ねによって、村と博物館の世界観を明らかにしつつ、村で起こったテロ行為や猟奇的殺人疑惑など、謎＝ミステリの影をもちらつかせ、緊張感に満ちた物語を一気に読ませるエンタテインメント性も持ち合わせている。長編小説としての完成度の高さと、それを生み出した作家の力量の熟成を感じさせる。

偶然を見過ごさない作家の目

『偶然の祝福』
（2000年　角川書店）

ある女流作家（あるいはその少女時代）を主人公にした連作短篇集だが、自伝的私小説とは断言できない、幻想的でイマジネーションに富んだエピソードが連なった「偶然」の物語。

周りに何故か身内に失踪者をもつ人が集まってしまう偶然、少女時代のお手伝いさんがなくした物を見つける名人で数々の大切な物が救われた偶然、作家が不安定な状態にある時に突然現れ音もなく消えていったストーカー男、病気になった犬を病院に連れて行く途中に偶然出会った獣医師の話などなど、作家が巡り合わせてしまった「偶然」が、ある時は巧妙かつコミカルに、ある時は幻想的に語られる。このように不思議な出来事に巡り合わせてしまうのは、やはり作家というものの運命なのか。いや、そうではないだろう。もしかしたらここに描かれている偶然は、誰にでも起こりうるものなのかもしれない。しかし、作家はその偶然を見過ごさない。あれは、いったい何だったのだろうか……ふと立ち止まって考える。そうやって振り返って見つめ直したところから、これらの小説が生まれてきたのではないかと思う。

「偶然の祝福」とは何か。その意味を考えると、さまざまな偶然に背中を押されて小説を書き続けていること、という結論に落ち着く。女流作家に降りかかる「偶然」をさまざまに描写しながらも、作者である小川洋子自身も小説という表現に辿り着き書き続けていられる幸せを祝福しているかのようだ。

余談ながらここに登場した「盗作」のエピソードは「バックストローク」（『まぶた』所収）に、「蘇生」は後に長編『貴婦人Aの蘇生』

に形を変えて昇華することになる。

短篇小説のモチーフの変遷が見てとれる

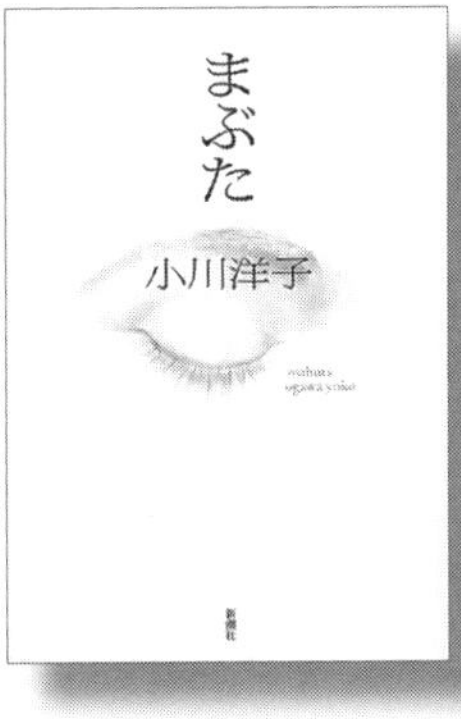

『まぶた』
（2001年　新潮社）

一九九三年から二〇〇〇年という長いスパンの中で描かれた短篇を集めたもので、初出年と照らし合わせてみると、小川洋子の短篇小説へのスタンスが微妙に変化しているのが興味深い。まずごく初期に書かれた「中国野菜の育て方」「お料理教室」などには、主婦である立場からの気づきから過剰な想像の世界に広がっていく傾向が見られるが、作者自身がヨーロッパ旅行の経験をしてからは「飛行機で眠るのは難しい」「リンデンバウム通りの双子」などのように、旅行者の視点やヨーロッパの街並みと人々から醸し出されるイマジネーションを加味した短篇が生まれている。

表題作の「まぶた」には十五歳の少女とNという中年の男の密会の際に男が飼っているハムスターがまぶたを切っている描写がある。昔の知り合いが置いていったバイオリンを弾くシーンや渡し船の操縦士の男がしゃべれることに気づくシーンでは聴覚の、濡れた水着の描写やハムスターを抱くシーンでは触覚の、豪華なレストランで食事をするシーンでは味覚の描写が目を引く。

他にも「匂いの収集」では嗅覚の、「お料理教室」では視覚や味覚の、「バックストローク」ではプールの存在感を嗅ぎ取る嗅覚や、水の冷たさや痛みなどを肌感覚で感じ取る触覚の描写に筆が走り、豊かな五感の描写が楽しめる短篇集となっている。

また旅の描写では「飛行機で眠るのは難しい」「リンデンバウム通りの双子」ではウィー

ンを描き、小川洋子の原点ともいえる『アンネの日記』のナチスドイツの爪痕を象徴している(「詩人の卵巣」も幻想的な描写で地名はぼかしてあるがおそらくドイツ語圏のどこかであると思われる)。

さらには、自らの作品と相似の関係にあたる作品を書く(もしくは短篇で扱ったディテールを長編で展開する)実験も、作家としてのキャリアが増えた分、豊富で深みのあるものになっている。たとえば表題作「まぶた」と長編『ホテル・アイリス』や「バックストローク」と「盗作」(『偶然の祝福』所収)の相似関係を指摘することができる。どの作品からも、自分の得た経験を卓抜した想像力と記憶の浄化によりひとつの小説として完成させていく小川洋子の力量が感じられるであろう。

皇女アナスタシアの刺繍の謎とは?

『貴婦人 A の蘇生』
(2002 年　朝日新聞社)

短篇「刺繍する少女」(『刺繍する少女』所収)にその原型を見出すことができ、「蘇生」(『偶然の祝福』所収)でイメージを膨らませることで誕生した「刺繍する女=皇女アナスタシア」の物語。

エキセントリックな伯父と結婚したロシア人の寡黙な伯母が、延々と続ける刺繍の「A」の文字、そして彼女の深い青色をした目の謎とは?　未亡人となった伯母と同居することになった主人公の「わたし」と、脅迫障害症の恋人ニコとの慎ましやかな共同生活に、ある日、オハラと名乗る闖入者が訪れる。明らかに伯父の剥製コレクション目当ての胡散臭さを漂わせた男だが、この男が伯母の意外な素顔を探り当てる。彼女がロシア・ロマノフ朝の最後の皇女アナスタシアであることを。

伯母の過去への妄想じみた行動や、ニコの強迫障害の儀式で苦労しながらも、三人で仲良く食事をしたりプールで遊んだりしている日常のささやかな描写に、オハラによって暴かれる皇女アナスタシアの謎が挿入され、主人公の目の前で、アナスタシアをめぐる歴史のロマンスとミステリが展開されていくさまに、読者もぐいぐい引き込まれる。前述したように、小川洋子はこの「刺繍する女」のモチーフを過去何度かにわたって使っているが、共通するテーマは「蘇生」（＝アナスタシアというロシア語が意味するもの）である。この点を考えると、この小説は単なる歴史ミステリではなく、自らの血の歴史を背負い、愛する夫の蘇生を祈りながら刺繍を続けていた一人の女の人生の悲哀を浮かび上がらせて、妄想（「あちら側の世界」）と現実（「こちら側の世界」）のはざまをさ迷う過去を描くという小川洋子ワールドに通底するテーマを見出すことができて興味深い。

数字の神秘が引き出す物語

『博士の愛した数式』
（2003年　新潮社）

数字の持つ神秘を通して人同士の美しいつながりを引き寄せ、事故によって記憶のシステムが壊れてしまい「こちら側の世界」から失われてしまっている博士がときめく発見のように語ることで平凡な母子と心温まる交流をしてゆく物語。

理数系の人物に対する小川洋子の関心とその心理的距離のスタンスなどは作品世界に通底す

るものとして挙げられるが、この博士はある意味「理数系人間」において究極の存在であろう。この小説で注目すべきは、博士の口から次々と紡ぎ出される魅力的な物語にも似た数式の神秘だ。数字のすごいところは、無限に（この「無限」も数学的に語るとなると一つの物語になる）連なっていくために、それらを関連させた数限りない数式の組み合わせが誕生することになる。ゆえに博士の蘊蓄は、枯れることなく、どんどん湧き出てくる。そして博士によって魅力的に説かれる数式の神秘は、いつも主人公（そして読者）の目から鱗を落としてくれる。特に素数という法則性の限られた現象におけるさまざまな分析は、どんな理数系音痴でもなるほどうならされる面白さだ（余談だが、この素数の面白さに注目した作品に高橋源一郎の「素数」『君が代は千代に八千代に』所収がある。タカハシさん的マニアックな展開でユニークに仕上がっており、この作品と読み比べてみるのも面白いかもしれない）。だが、博士は永遠に無限を紡ぎ出せる人ではない。彼は八十分しか記憶がもたないという病気を患っているのだ。この無限と有限という相反するベクトルを課した設定が、この小説の秀逸な部分だと言えよう。記憶を失ってはメモに取り、メモ用紙を背広中に貼り付ける博士の姿は切ない（このくだりは本作刊行時に話題となっていた映画『メメント』に共通しているが、復讐という目的をもったあの映画の主人公と、唯一自分に残った数学の知識をよりどころに目の前の数式を解いて生きてゆくこの博士とは、人間としてのあり方が正反対である）。そんな博士と家政婦の「わたし」、その息子のルートとの交流は、まるで一つの擬似家族のようで微笑ましい。特に、博士の失った情熱が一瞬取り戻される、阪神タイガースと江夏豊をめぐるエピソード（小川洋子の阪神タイガースへの愛はエッセイ等で繰り返し語られ、「スポーツの高揚」はこの後もさまざまな作品に登場する）は絶妙で涙を誘う。

ブラフマンは突然やってきて去る

『ブラフマンの埋葬』
（2004年　講談社）

ブラフマンは突然やってきた。小説の一行目からいきなり登場し〈創作者の家〉の管理人をしている主人公の日常に入り込む。森の生き物である以外はよく生態のわからない彼は〈謎〉を意味するブラフマンと名付けられ、主人公によって尻尾や眠り方、食事などの観察メモが挿入されることでその愛らしい生態が明らかになっていく。〈創作者の家〉は文字通り文筆や音楽、美術などあらゆるジャンルの創作者が滞在する家だが、みんなそれぞれ（楽器の音はするものの）ひっそり静かに自分の創作に向き合い作品を生み出している。中でも墓碑銘と石棺を創作する「碑文彫刻師」は仕事場を別棟に与えられ毎日通って仕事をしているのだが、彼の仕事の描写から海と山と川と沼地に囲まれたこの村の死をめぐる不思議な習慣が明らかにされる。遺体をラベンダー色の木箱に入れて川に流しそれを下流で受け止め石棺に収める「埋葬人」なる職業が存在するのだ。つまりこの村では死と隣り合わせにひっそりと共存するかのように芸術が生み出されている。主人公の職業「管理人」は小川洋子の世界によく登場するのだが、傍観的な観察者であることが世界を俯瞰することにもつながる象徴的な仕事である。仕事の一環として訪れる雑貨屋の娘（彼女は家業を手伝うため都会からこの村に戻ってきた外部を知る人だ）に淡い恋心を抱いているが彼女には毎週土曜日に電車でやってきて墓場でデートする恋人（「外部」からの人）がいることも知っていて、失恋気分を味わいながら平静を装って二人の連れ立っていく姿を見ているという意味では感情面でも傍観者的な管理人気質なのだ。ブラフマンはその可愛らしい姿と野性のやんちゃさで主人公の日常に彩りと癒しを与えてくれる。ブラフマンという不思議な生き物がこの作品にいきなり登場したのをきっかけに、その後の小川洋子作品に動物を扱ったものが増えていくのも注目したい。もの言わぬ、愛おしい存在。ブラフマンとの幸せな日々はあっけなく終わるが、その存在感は小川文学に墓碑銘の如く深く刻まれるのだ。

大いなる少女の時間の終焉

『ミーナの行進』
（2006年　中央公論新社）

人生のある時期、ごく限定された特別な時間を過ごす幸福にめぐり逢えることがある。朋子にとって、それは母の仕事の都合で芦屋のミーナの家に預けられて過ごした二年あまりの日々である。この特別感を象徴するのは、何と言ってもコビトカバのポチ子であろう（コビトカバは世界三大珍獣の一つ、物静かで珍しい動物であることが小川洋子ワールドの中で存在意義を示す）。フレッシー（実在の飲み物をパロディにした響き、昭和の家庭ならどこにもあったあれである）の開発者として巨万の富を築いたこの家ではかつて庭に動物園があり、子どもたちの夢の場所であった。その名残が池にいるポチ子であるが、ドイツ人の血を引き美しい茶色の髪と目を持ち喘息の持病があるミーナがポチ子に乗って通学するシーンのインパクトは圧巻だ。

　ミーナという少女の魅力は枚挙にいとまがない。その美しさとギャップのある関西弁の歯に衣着せぬ物言いや、本が好きで家にある立派な本棚に飽き足らず図書館の本をどんどん借りて読みこなす意欲（そのお使いは朋子が担当し司書の「とっくりさん」にそのセンスを褒められミーナの感想を自分のものとして口にする微妙な感情）、そしてマッチ箱の収集癖である。自作の物語を添えたマッチ箱を別の箱にしまってコレクションするという趣味は小川洋子の得意とする博物館的な要素に加え、物語を収集するというモチーフは今後の作品にも使われていくことになる。そしてベルリンオリンピックのバレーボールチームへの傾倒、スポーツの興奮が観戦者の側の想像によって補われていくさまも小川ワールドの重要な要素だ。

　ミーナは小学六年生、朋子は中学一年生というたった一つだけど年齢差があることも見逃せない。朋子は伯父さんが家を開ける原因となった「202の女」にも水曜日の人の恋人の存在にもミーナより早く気づいて目の当たりにしてしまう。そしてほどなくミーナもマッチ箱の収集に別れを告げ、ポチ子の死をきっかけに自分の足で通学を始める。その行進の第一歩は二人で過ごした大いなる少女の時間の終焉を告げるものになっている。

キャンディカラーのおとぎ話もどき

『おとぎ話の忘れ物』
樋上公実子・絵
（2006年　集英社）

　四つのおとぎ話をつなぐ枠組みの設定には、小川洋子ワールドお馴染みの「一種類のお菓子しか作らない工場」（キャンディーの味には杏、薄荷、ラムネなどよくあるものから珊瑚、蚕、たてがみなど想像もつかないものまであり、リボンも五百七十六色と豊富）「忘れ物を集めた図書室」（人の記憶にまつわるもの、そして何かを執拗に集めて展示している場所）が提示され、それぞれ名も知れぬ人が手遊びに書いた「忘れ物」としての扱いになっている。物語のための物語、物語を閉じ込めた物語の素材としておとぎ話として有名な『赤ずきん』、『不思議の国のアリス』『人魚姫』『白鳥の湖』をもじったような内容になっている。また本作はイラストレーターの樋上公実子（テオブロマのパッケージでお馴染み）とのコラボレーション作品でもある。樋上の描く少女像はあられもない姿をしていても無表情で、独特のエロティシズムがあり、これまでの小川の作風にない感触を醸し出す。

「ずきん倶楽部」は小川洋子の作品によく出てくる同好の志が集まる会（『不時着する流星たち』に出てくる「散歩同盟」、『注文の多い注文書』に出てくる「J・D・サリンジャー読書クラブ」など）で、文字通りずきんを愛好する人の組織で、その会長との出会い、コレクション拝見、祭り（マニアックさによるテンションの高さ！）参加と話が運び、最も有名なずきんである赤ずきんの実際かぶったものが登場するところでクライマックスを迎える。ゾッとする怖さを醸し出すラストは、樋上のイラストによって引き出されたものかもしれない。「アリスという名前」では現代のリアリティでアリスという名前について語る少女が言葉遊びに呑まれて侵食されていく様が、「人魚宝石職人の一生」では男の人魚が命をかけて作った首飾りによる人魚姫への呪い、「愛されすぎた白鳥」では白鳥にキャンディーを与えすぎて起こる悲劇が描かれている。バッドエンドのおとぎ話に樋上公実子のバックに原色の動植物を描き無表情の少女が佇むイラストが象徴的な相乗効果を生み出している。

体の一部で世界に触れる

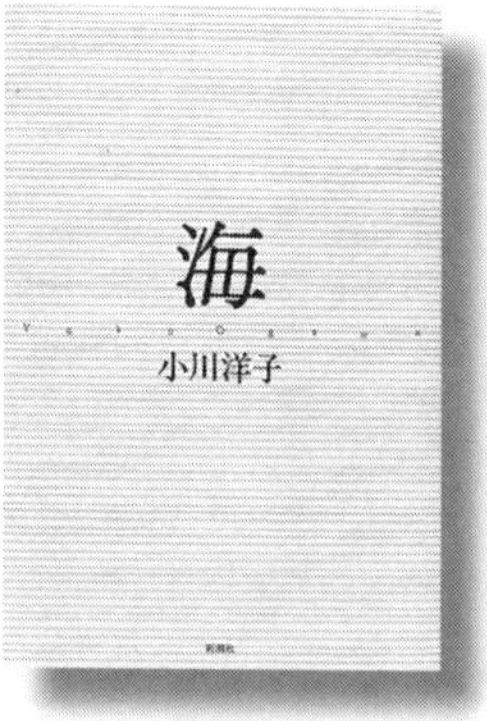

『海』
（2006年　新潮社）

表題作「海」は主人公が婚約者の実家に挨拶

に行くところから始まり、家族の団欒（今ひとつ噛み合わず）を経て、小さな弟の部屋で夜を過ごすところでクライマックスを迎える。主人公は高校の技術教師で婚約者の泉さんはホイッスルを吹く唇が魅力的な体育教師、そして弟は浮き袋の口から息を吹き込み海からの風が吹くとなる鳴鱗琴という楽器の発明者にして唯一の演奏者であり、姉弟どちらも唇に目が行くのである。「風薫るウィーンの旅六日間」では同室になった太ったおばさんの手に、「バタフライ和文タイプ事務所」では論文に登場する大真面目な生殖器の描写と管理人の指と舌に、「銀色のかぎ針」では指に、「缶入りドロップ」では手のひらに、「ひよこトラック」では手と唇に目が行くような描写がある。どうしてその一部分が目を引くのか、「バタフライ和文タイプ事務所」に出てくる倉庫の活字管理人が欠けてしまった活字を舌で舐める姿を主人公が想像をめぐらすのだが、そうすることで活字の意味を確かめるかのような意味合いを感じる。つまり舌で触れることによってそのものが持つ存在意義を確かめ、それが世界に向かって開かれていることを確認しているのではないか。そういう意味では「海」の鳴鱗琴を吹く行為も、「缶入りドロップ」の出したドロップを手のひらにのせる行為も、そのものの存在を体の一部を使って触れ、それによって世界に触れているのだ。また「銀のかぎ針」の毛糸製品や「ひよこトラック」の蟬の抜け殻のように体（の一部）を包むことでよりその存在を明確に、世界に触れる感触を描き出している。

こうして読んでくると、最後の短篇「ガイド」の出だしの会話にこんな言葉を見つける。「無くしたのよ。（中略）ほとんど身体の一部と言ってもいい、あの旗をね」

かつて『New History 街の物語』に所収されていた再録であるこの短篇のこの一節が短篇集全体のコンセプトを表しているのだ。小川洋子に珍しくポップな語り口で主人公が街を動き回るこの短篇は、なくした身体の一部を代替し、埋め、再び得るまでの物語だ。主人公は頭に怪我をしたり、ママに顔がそっくりなことを指摘されながら、体の一部を包むシャツの布地で新しい一部を誕生させる。

痛みのエロティシズム

『夜明けの縁をさ迷う人々』
（2007年　角川書店）

小川洋子の小説には、世界の中心よりも隅っこの方にいて、報われない行動を繰り返したり、何か過剰さを抱えていたりする感じの人物が多々登場する。「さ迷う」という言葉も、小川洋子の作品に繰り返し出てくる概念で、それは現実と虚構の間、正気と狂気の間など「こちら側の世界／あちら側の世界」を行き来する、あるいはあちら側の世界に引き込まれつつギリギリでこちら側の世界に止まっている様子を表しているように思える。

この短篇集にも不器用だったり過剰だったりして、どこか世界の隅に追いやられている感じの人が登場すると同時に、彼らが抱える「痛み」を描写することで、身体性が浮かび上がってきて、珍しくエロティックな空気が漂っている。小川洋子は直接的に性愛を描くことはあまりしないが、かつて『ホテル・アイリス』でSM行為を描いたように、痛みによって性的な高揚を想起させ、発展させてゆく試みとして、本作の短篇を見てみるとなかなか興味深い。「曲芸と野球」では野球部の下っ端部員がいつも打席から曲芸をする少女の姿を捉え、淡い恋のような感情を抱いているが、他の人には目も止められない幻のような彼女は整形外科医である父親の患者でたくさんの怪我を抱えており（そのことは他の野球仲間は知らない）、さらに主人公の過失でさらに大きな怪我を負い消えてゆくのであるが、そのストイックに曲芸に打ち込見つつ怪我だらけで痛みを抱えている彼女の存在感はそこはかとなくエロティシズムを漂わせている。痛みによる涙の効用が一番美しい音色を出すということで愛する関節カスタネット奏者のために自らの体を切り落とす「涙売り」や、祖父の書いた全集に登場する凌辱行為を作品の愛好者である文学館学芸員の男によって施されたと語る「ラヴェール嬢」など、痛みゆえに浮かび上がる身体性、あるいは「イービーのかなわぬ望み」「銀山の狩猟小屋」のように異形ゆえに意識される身体性を丁寧に描き、こちら側の世界の境界線を超えてしまう人々をいびつな形の色気を交えて描いているという意味で興味深い作品群である。

閉じ込められた純粋さから生まれる詩

『猫を抱いて象と泳ぐ』
（2009年　文藝春秋）

チェスを題材に、実在したチェス人形「トルコ人」の中でプレイし、チェスの詩人・アリョーヒンを彷彿とさせる高潔なゲームをするところから、リトル・アリョーヒンと呼ばれたひとりのチェスプレイヤーの生涯を描く。リトル・アリョーヒンを特徴づけるのは、その呼び名のとおり、とても小さいということだ。それは彼が幼少時に親しんだデパートの屋上の象のインディラが大きくなりすぎて降りられなくなったという事実や、彼にチェスを教えてくれたマスターが太りすぎたため亡くなった際に住んでいた回送バスの車両から出られなくなった記憶に由来する。そしてその小ささは彼がテーブルの下に潜って次の一手を考えることや、人形に閉じ込められてプレイすることを可能にした。まるで子どものようなリトル・アリョーヒンは、唇がくっついた状態で生まれ手術で脛の皮膚を移植したため唇に脛毛が生えていて、それが濃くなっていく異形の人でもある。これまで小さいものへの偏愛を描いてきた小川洋子だが、小さいということは赤ん坊のようにまっさらでなく歪んだ形でも愛すべきものとしてこのような容貌を思いついたのかもしれない。

リトル・アリョーヒンはチェスで素晴らしい実績をあげていくが、ことあるごとに象のインディラ、太りすぎたマスターと回送バス、マスターの飼っていた猫のポーン、家と隣家の壁の隙間に挟まってミイラになった少女のことなどが、頭に浮かんできて、大人になってもなお彼を苦しめる。だが、彼はある意味子どもの頃のトラウマをそのまま心の中で飼いつづけたことで純粋さを保てたのかもしれない。その純粋さゆえに詩のように美しいチェスができたのだ。「猫を抱いて、象と泳ぐ」というイメージは、トラウマの断片が散りばめられた美しい詩そのものだ。リトル・アリョーヒンがチェスで生きていくことを決意した海底のクラブで、かつて自分が毎夜話しかけていたミイラの少女を思わせる女性に出会う。しかし彼のチェスの無垢さゆえに彼女を汚してしまい、海底という場から離れることになる。そんな彼を追うように彼女から届く手紙は数字とアルファベットの記号のみを記したチェスの一手を記したものだった。以降の手紙のやりとりは、究極の愛の交歓であり、またそういう形でしか繋がれない悲劇の象徴でもある。言葉を介さない心のやりとりを言葉に落とし込むことで美しい詩のような長編小説ができあがった。

書けなかったのに書いている日記

『原稿零枚日記』
（2010年　集英社）

作家を主人公にした作品は作者本人を彷彿とさせる場合も多いのだけれど、この作品に関しては微妙である。主人公は温泉に行って苔料理を食べた体験をはじめ、役場のRさんの訪問を受けたり、B談話室（『人質の朗読会』に登場する雑多な談話室を彷彿とさせる）であらすじ講座をしたり、盆栽フェスティバルに行ったり、現代アートの祭典に参加したりしながら、その日書けた原稿が零枚であった（例外で三枚くらい書ける日はある）ことを記録している日記だからである。つまりこれは無に向けての消失的な記録であり、主人公が書けなかったことにより、作者は書けてしまっているのだから。

この作品では日記形式ということもあって、ディテールが豊富で、他の作品であまり見られないような出来事や事物も取り入れられていて、新鮮味がある。冒頭の苔料理のくだりは、宇宙船研究所を見学した（この体験は実話に近く、後の『あとは切手を、一枚貼るだけ』の原子力研究所のくだりにも反映されている）帰りにF温泉に泊まり、食事前の散歩で迷い込んでしまった山奥の「苔料理専門店」で旅館の別館のようなものだからどちらで食べても構わないというめちゃくちゃな理屈で苔料理を振る舞われるというまるで狐か狸に化かされたような経験に始まるが、一方で食事中にシャーレやルーペを使って苔を観察するなど妙に科学的なアプローチもある。インタビューで生家の思い出を語る際に間取り図を描こうとしたら延々と広がってさらにおばあちゃんの部屋を忘れたということでお菓子の思い出に思いが飛んだり、小学校の運動会巡りと称して潜入するエピソードでは借り物競走に巻き込まれて三輪車から振り落とされたり、現代アートの祭典では一緒に回った同行者がハードな道行に次々脱落したり、何だかいちいち狐につままれたような感じなのである。これらのディテールは今後また違う形で小川洋子作品に登場するのか、それは書けない原因ではなく書けた結果として提示されるのであるからまた別のニュアンスで楽しめるであろうことを期待している。

普通の人たちが極限状況で語る変な人のこと

『人質の朗読会』
（2011年　中央公論新社）

地球の裏側にある一度聞いただけではとても発音できそうにない込み入った名前の村で、ゲリラ組織のテロによってバスごと拉致され人質となるという究極の非日常な状況にあって、人質たちが始めた自分の人生を語る文章で朗読会を開く。そんな極限状況とは打って変わって、語られる物語はごく平凡な日常である。実際に語っている人たちもさまざまな事情でこのバスに乗り合わせた年齢も立場も異なるごく普通の人たちであるので、彼らが自分の人生を語ると自然にそうなる。しかし、平凡な人たちが平凡な人生を語るとき、そこにどことなく変な人が必ず登場するのが不思議だ。「杖」では主人公の近所の工場に勤める太った工員、「やまびこビスケット」では大きな声で家賃支払いと整理整頓を謳う大家さん、「B談話室」では幻の受付女性、「冬眠中のヤマネ」ではぬいぐるみを売る老人、「コンソメスープ名人」では隣家の娘、「槍投げの青年」では電車の中に長い棒を持って乗ってきた青年、「死んだおばあさん」では初対面なのに二十歳の女性に死んだおばあさんに似てると思い出を語る男、「花束」では得意先の課長が、変なままに主人公＝語り手の人生に影響を与え、方向性を変える転機のような役割を果たしている。と同時に、どの語りにもそこはかとなく死の香りが漂っているのにも気づく。死にかけた経験、身近に関わった人の死、死について語る機会、身体の一部が死んでいる人、死を迎える人のための儀式、健全な若者が手にする死に繋がる道具、死んだおばあさんの思い出、死者に関わる仕事など。結局みんな自分の死を意識しているからか、それともごく平凡に生きていたら自然に死に向かっていくものなのか。

朗読の八編はすべて朗読を通して、音声の物語としてその場にいた観客に届けられる。扉の向こうの政府軍兵士にも。日本語の音声は兵士の幼い頃の日本語の記憶を呼び起こし、日本人がラジオを聴きたいと尋ねてきた思い出が語られる。この朗読会が朗読という音を通した物語であるということの意味が最後の物語の存在で浮き彫りになる。

窪みの場所に漂う死のにおい

『最果てアーケード』
（2012年　講談社）

どこか忘れ去られたような場所、偽のステンドグラスから入る柔らかな日差しを眺めつつ主人公によって語られるアーケード内のお店の物語。ここにあるお店は、小川洋子ワールド的な収集癖、何かを熱心に集めてそれを展示し売るという体裁のお店が多い（輪っか屋は集めるというより一つのものだけを作り続ける形だが）。レース屋さんにしろ、紙屋さんにしろ、義眼屋さんにしろ、ノブさんのドアノブ屋にしろ（それぞれの呼び名が愚直に商売内容を表しているのがポイントだ、訪れるお客さんも兎夫人、衣装屋さんなど同様である）、誰が買うのかよくわからない、むしろ売るより集めることに意義がありそうなお店ばかりだ。

主人公はアーケードの大家の娘で、アーケードの中だまり的な場所にいつもいて、お店や人々の様子を眺めながら、アーケード全体でお客さんの家まで配達が必要になった場合に配達係の仕事をしている。彼女の視線はいつもアーケード内を漂い、かつ外と結ばれている。

アーケードは時間が止まったような雰囲気を漂わせ、そこはかとなく死のにおいすら感じさせる。レース屋さんのレースは亡くなった人のものを集めているし、紙屋さんのレターセットが病院の雑用係のおじいさんによって集められていたのも象徴的だ。最も明確なのは百科事典少女Rちゃんのエピソードであろう。アーケードの中の休憩所にある百科事典をすべて読み通すために通っていたのにあっさり病気でなくなってしまったRちゃんのために彼女のお父さんが百科事典をすべて書き写した話で、この行為によってRちゃんの死はより明確に形を与えられる。

いつもぼんやりアーケードの中を漂っている主人公の記憶を辿っていくことで明らかになる事実は、Rちゃんと違って明確化されていなかったためにそうなったのであろう。そしてその事実が明らかになった途端、この場所自体が止まってしまっているのではないかということに気づき、世界の窪みという意味が腑に落ちる。

言語習得と小鳥の歌の関係

『ことり』
（2012年　朝日新聞出版）

長年書き続ける作家の作品において、一貫したテーマやモチーフを見出す喜びはもちろんあるが、作品ごとに新しいモチーフやテーマを獲得しその後の展開を期待する楽しみも同じようにある。小川洋子の近年の作品では「音（声）」「朗読」「歌」などが扱われるようになったが、その原点はこの『ことり』にあるのではないだろうか。

主人公である「小鳥の小父さん」（幼稚園の小鳥小屋の世話をしていたためこう呼ばれる）の兄は小鳥が好きで十一歳を過ぎたあたりから自分で編み出した言語（ポーポー語）を喋り始め、小父さんだけはそれを理解できたという設定である。言語学者に否定されたが美しい言語で、兄はキャンディーの包み紙で美しい小鳥のブローチを作るなど素晴らしい才能の持ち主だった。小父さんは両親亡き後、二十三年間、兄を支えて暮らす。兄は水曜日に薬局に行ってポーポーキャンディーを買い、薬局のおばさんに母のものだったブローチをプレゼントする以外には表立った行動をせず静かに生涯を閉じる。ゲストハウスの管理人として働いていた小父さんは、小鳥小屋の世話をしながら、図書館で鳥の本を片っ端から読んだり、鈴虫を持った老人と交流したりしながら、常に兄と小鳥のことを考え続けた。小父さんは自分のことを影のような存在だと思うが、それはかつて薬局の店主のおばさんを影だと感じたことにつながる。世の中には、ただ耳を澄ませることで生きていく存在もあるのだ。

幼児へのいたずら事件による風評被害により小父さんは小鳥小屋を失い、仕事もやめることになるのだが、送迎会でマイクに向かってメジロの声で歌ってしまうシーンは、ずっと向き合った世界から受け取る言語情報の強度を示していて圧巻。結局小父さんは庭のバードテープルで小鳥たちとの交流は忘れず、一人静かに生涯を閉じるのだけれど、「小父さん」の生涯を語ってくれる誰かによって、失われた兄の言語と鳥の鳴き声の関係に思いを馳せるきっかけが作れたのではないか。それはまた新しい言語世界の鍵となるであろう。

『ことり』は小鳥の鳴き声を研究する大学の研

究所への取材を経て書かれたという。元々医科大学の研究室秘書の仕事をし理系的なディテールを巧みに文学世界に取り込んできた小川洋子だが、『博士の愛した数式』以降、数学や自然科学、工学系の専門家と対談したり取材したりすることを積極的にやるようになったように感じる。その一つの集大成として『ことり』はエポックメイキングな作品になったとも言える。

動物たちがちょっと変わった形で

『いつも彼らはどこかに』
（2013年　新潮社）

『いつも彼らはどこかに』という書名を見て、目次を開くと動物名の入ったタイトルが並んでいるので、動物が出てくる短篇集で「彼ら」は動物のことなんだな、と思うと肩透かしを食らう。ここに登場する動物たちはみんなちょっと変わった形で登場する。あるものは暗い箱に入れられて（華やかな活躍をする競馬馬のストレス緩和のためだけに連れられて）、またあるものは頭蓋骨だけになって、絶滅して鉄製の日めくりカレンダーのスタンドになって、アスパラガスの缶をかぶって、鼻の欠けたブロンズ像として、準備中の檻の中で（不在で）、虹色の触角をもって……いずれもいびつで、動物本来の本能や動きを封じられた形になっている。

一方でそのいびつな動物たちと共存する人間は徹底した匿名性に貫かれている。「彼女」「あなた」といった代名詞、あるいは「R」「J嬢」など（小川洋子の作品では名前を持たない、あるいは言い換えられた人物が多い、むしろブロンズ像の犬の方が名前を持っている）。無名の人間たちは、独自のルールに沿って生きている、むしろ独自のルールを作ることで自分の存在意義を定義しているかのようだ。モノレールの沿線だけで仕事する、毎朝森を散歩して拾った小枝を仕事で使う、オリンピックまでのカウントダウンの日めくりカレンダーを毎朝めくる（誰も見たことのないスポーツさえ、ルールを把握すればそこに存在できる）、絵を見るのにまぶたを閉じて歩数を数えて前までたどり着く、ドールハウスの物の配置やベネディクトの餌やり、売店のアイスクリームを端から全部注文する、断食施療院の治療と門限、身代わりガラスづくりといった、奇妙なルールも繰り返し行なわれているうちに（移動を伴い、時間と空間において繰り返されることが多い）、物語が生まれる。無名のものがルールによって定義され動いていく物語の中に欠落を抱えたいびつな動物たちが寄り添っている。物語によって押しつぶされた彼らがそこにいるという構図に面白みが見出せる。

白い紙に黒い文字が刻まれていくこと

『注文の多い注文書』
（2014年　筑摩書房）

作家・小川洋子が依頼し、「ないものでもある」お店クラフトエヴィング商會が受注して、物語の中にあるもの（あるいはないもの）を探してもらう筋立てて、注文書、納品書（写真付き）、受領書の三点で構成されているコラボ企画である。小川洋子はさまざまなコラボ企画を手がけてきたが、これは小川洋子自身が作家として登場し、そして受注するクラフトエヴィング商會も実在する（実際に冒頭に書かれているような店舗は実在するかどうかは不明だが）という本人出演という形のフィクションになっている稀有なパターンである。

注文されるのは、川端康成の『たんぽぽ』に出てくる（そして「私」の「人体欠乏症」を治療する）治療薬、J・D・サリンジャーの「バナナフィッシュにうってつけの日」（『ナイン・ストーリーズ』所収）に隠された（サリンジャー協会のメンバーがその存在を確認した）「耳石」、村上春樹の「貧乏な叔母さんの話」（『中国行きのスロウ・ボート』所収、後『村上春樹全作品』所収時改稿）に出てくる（行方をくらます）貧乏な叔母さん、ボリス・ヴィアン『うたかたの日々』に出てくる（弟子丸さんが最後ガラス瓶に収めようとしていた）睡蓮の花、内田百閒『冥途』出版の際に生じた落丁本とひと癖あるものばかり。本作も、小川洋子得意の既存の物語を読み替えた（あるいは閉じ込めた）、物語のための物語である。

「人体欠乏症治療薬」の商店街でお惣菜のお店に勤める女性や、「バナナフィッシュの耳石」に登場する作家の研究をする協会（大変繊細なルールや組織を持つ）、「肺に咲く睡蓮」に出てくる標本は小川洋子ワールドによく登場するし「貧乏な叔母さんの話」の背中にくっつく叔母さんは後に「寄生」（『約束された移動』所収）に発展していくモチーフだが、いずれも「暗い穴に入り込む」描写が物語中に登場する。そして「冥途の落丁」の白紙部分がクラフトエヴィング商會の写真によって広がった瞬間、白い紙の上に黒いインクが活字に流れ込んで物語を刻んでいく、本をつくるということの作品の全体像が浮かび上がってくるように思える。

幾重にも閉じ込められた想像力の物語

『琥珀のまたたき』
（2015年　講談社）

四人きょうだいの末の妹が魔犬によって命を

落としたため、壁の内側に閉じ込められた姉と二人の弟たち。閉ざされた空間は一つの世界、とても狭い空間の、幼きものたちによる六年という時間に小川洋子的なるものが凝縮し、また新しい物語を紡ぎ出している。

まず過去の名前を捨て去ることで世界が始まる。子どもたちは『こども理科図鑑』のページをめくって名づけをされる。この場所には子どもたちのパパが経営する図鑑専門出版社で作ったさまざまな種類の図鑑があって、これは小川洋子ワールドおなじみの「博物館的なるもの」の役割を果たす（収集物が本の中に閉じ込められた形だ）。図鑑はさまざまなジャンルにわたり『オリンピックのすべてがわかる図鑑』を元に行われるオリンピックごっこは「スポーツの高揚」を演出し、『家庭科図鑑2キッチン編』はパパとママの馴れ初めを物語っている。そして図鑑を本棚の上から読破しようとするオパールに対抗するような形で、琥珀は自らの目に閉じ込めた亡き妹を本棚の後ろから取り出した図鑑のページの片隅に描いていく、そしてこの行為が後に彼のアートとして開花するのである。

閉じられた暮らしの中には繰り返される「儀式的なるもの」も必要である。先に挙げた図鑑の読破／妹描きもそうだが、オパールはママの勤務表に×印をつけ、琥珀はひっつき虫を門の外に放り投げ、瑪瑙は泉の脇に小石を積み上げるきょうだいそれぞれのルーティンをこなすと、夕食後ママのオルガンに合わせてみんなで合唱する日課などによって、ここの暮らしの時間の経過を実感する。「あちら側の世界」からの闖入者としてよろず屋ジョーが登場する。商品をたくさん積んだ自転車という小さな博物館的なるものを携えてあちら側の世界からやってきた彼との交流もまた奇数週の水曜日というルーティンに組み込まれるが、徐々に外の世界との空気穴が馴染んだタイミングで猫のカエサルが登場し、あちら側の世界への突破口となるのである。

閉じ込められた時間よりはるかに長い時間が、

今はこちら側の世界になってしまった壁の外で流れても、中の時間の絶対的なものがアートとなって今も息づき、展覧会という形で密やかに存在を認められているというあり方は何重にも閉じ込められた想像力の提示としてとても美しい。

物語と世界の繋がりを示す実験

『不時着する流星たち』
（2017年　KADOKAWA）

実在の人物やエピソードをモチーフにして、小川洋子の想像力の世界に着地させた実験的な試みによる短篇集（物語を閉じ込める物語、の中でも事実に基づいた物語を閉じ込めた体である）。元々「誘拐の女王」の元になっているヘンリー・ダーガーの生涯に惹かれたところから始まった企画だという。とはいえこの短篇にヘンリー・ダーガーを直接的に思わせる人物は出てこず、彼の作品の中に出てくる「ブレンゲン」という王国の怪獣が登場するのみだが、そこにヘンリー・ダーガーの生涯の本質を見出したのだろう。幼い少女から見て謎めいた存在である姉との秘密の共有、姉の部屋から聞こえてくる声から想像される禁忌の世界、そして謎は謎のまま短い期間で過ぎ去ってしまうという小川洋子ワールドのセオリーを使いつつ、新しい地平に辿り着いた感がある（危うさを秘めた「不時着」の状態かもしれないが）。他の短篇も末尾で示されるインスピレーションの元になっている人物や史実が、本編中にどの程度反映されているかの比重はさまざまだし、元ネタの知名度もグレン・グールドの直角歩きのように有名なものから知られざる人物や事実までばらつきがある。資料を読んでどこに心惹かれるかをポイントにし、それが小説的かどうかを基準にしていくうちに自分にとっての「物語的な現実」があることがわかったと本人が語っている(『ダ・ヴィンチ』インタビュー)。モチーフはほとんど昔の出来事や海外の人物が元になっているが、現代日本のリアルに置き換えてあって、その読み替えの仕掛けの見事さ、ディテールの盛り込み方(「十二人きょうだい」で妻の名をとった「スエコザサ」を末子=十三番目の子ども、サー叔父さんもSirもthirteenthをかけているのか、など)で見事に自分の表現にしている。「現実との繋がり」を大事にした物語世界を構築する手段として、視点の設定も見逃せない。語り手=主人公という構図を敢えて外して、奇妙な存在感の人物を見つめる(あるいは語りかける)視点にすることで、距離のある違和感を表現している。

子どもの声と歌が聞こえる

『口笛の上手な白雪姫』
(2018年　幻冬舎)

表題作は銭湯で赤ん坊を預かる役(『約束された移動』に連なる「係的なもの」は小川洋子の仕事の描き方として注目したい)として知られる不思議な小母さんの話だが、このほかにも「先回りローバ」にも「一つの歌を分け合う」にも小母さん的存在が登場する。この作品集に関して、小川洋子自身はインタビューで、特にテーマを決めて書き始めた作品群ではないのだけれど、気がつくと「子ども」と「歌」に関する作品が多くなっていた、と語っている。ただ、それだけではない。子どもを支える小母さん的存在、あるいは老人がいてこそ、子どもが子どもらしくいられるのだ。小川洋子の書く小母さんは、時に適度に図々しく、時に目端が利き、時に陽気で元気である。小母さんと少年（青年）、老人と少年という組み合わせは、重なる要素が少ない分、意外といいパートナーになれるというのは小川作品の定石だ。

この作品集では「儀式的なるもの」にも注目したい。時報を繰り返し聞く男の子、赤ちゃんが生まれると必ずよだれかけを贈る女性、かわいそうなことリストをノートにつける少年、迷子になるのを楽しむ少年、ミスターＭＭの新刊が出るたびにどこかに置き忘れる女性、盲腸線と呼ばれる敗線寸前の電車に毎日乗って引き返してくる曽祖父とひ孫など、一見無意味に見えることを本人のこだわりで繰り返しているうちに物語が生まれてくるのだ。その繰り返しに耐える無垢さは子どもの心と言えるかもしれない。

さらに「一つの歌を分け合う」でミュージカルを大々的にフィーチャーしたのもチェックしておきたい。『ことり』以降、音声を前提とした小説のアプローチを試みている小川洋子が（個人的にミュージカルにハマったことをきっかけに）歌を小説の文章に織り込むことに挑戦した。歌、音楽が与える高揚感は、言葉を積み重ねて理屈で攻めるのとは異なるストレートな感動につながる。声が聞こえてくるような小説へのアプローチを果敢につづける小川洋子が切り拓く歌が聞こえてくるような小説、というのはどんなものになるか、今後ますます楽しみである。

子をなくした悲しみを

『小箱』
（2019年　朝日新聞出版）

昔幼稚園だったため何でも小さい家の描写から始まり、子どもを失った町のありようが描かれる。講堂のガラスの小箱には死んだ子どもの思い出が収められ、町の人たちは子どもの使っていたものをアクセサリーにして身につけ、子どもの体の一部（髪の毛や爪）を使った楽器にした〝一人一人の音楽会〟が開かれている。子どもを失うというイメージは近年小川洋子作品に多々登場する（『琥珀のまたたき』『あとは切手を、一枚貼るだけ』など）。これはどういう心境の変化だろうか。小川洋子はインタビューで「息子が独立して結婚したときえもいわれぬさみしさを覚えた」と言っていたが、もしそれをこんな形で読み替えているならすごいと言わざるを得ない（通常、その喪失は達成感や満足感などと相殺されがちだから。生まれる前、成長し切る前の喪失と同等に悲しみや切なさを伴うものとは一緒にできないと思いきや、子を失うという意味では変わらないなんて）。

「私」はバリトンさんが遠い町の病院から送ってくる手紙の解読を引き受けている。あまりにも小さな文字で書かれているため（びっしり書かれた小さな文字の手紙は『夜明けの縁をさ迷う人々』所収の「ラヴェール嬢」にその端を発する）これは仕事なのかボランティアなのかわからないけれど「係」的な役割（『約束された移動』の各短篇に通ずる）を思わせる。これは従姉のためにすでに死んだ作家の小説を図書館で借りてくる行為にも同様のことが言える（従姉の弁当屋はれっきとした仕事だ）。そして、従姉もバリトンさんの恋人も子どもを失った女性だということが徐々に明らかになる。

音楽がこの町の悲しみに彩りを添える。その音楽を司るのが風である。〝一人一人の音楽会〟にふさわしい西風の吹く季節になり、バリトンさんや従姉も参加して、町全体が誰が演奏者で誰が観客なのかわからないほどみんなで丘に集まり、風を受けて一斉に楽器がなり、強いつむじ風によって楽器がなくなりみんなが探すクライマックスシーンは圧巻。小川洋子の近年力を

入れていたモチーフが結晶したかのような美しい長編となっている

「係」だけが受け取ることのできるサイン

『約束された移動』
（2019年　河出書房新社）

仕事において「係」というのはどういう意味を持つだろうか。単なる区分に過ぎないけれど所属よりもっと細かく働きかける対象ややるべき仕事に結びついてその人そのものを表している特別な感じもある。本作に収められた六つの短篇にはそれぞれ「係」の仕事を受け持つ人物が描かれる。

表題作「約束された移動」では、ホテルの客室係としてスイートルームに宿泊する美しすぎる顔を持つハリウッド俳優Bの滞在の後に必ず本棚から一冊の本が抜かれていること、それが「移動」を描いていることに気づくという密かなコミュニケーションが成立するさまが描かれている。「ダイアナとバーバラ」では病院の案内係として完璧な存在感と仕事ぶりを示すバーバラがダイアナ妃と同じ服を作って出かける習慣とかつて街で初めてできたエスカレーターの補助員に抜擢されたエピソードを孫娘との会話で浮かび上がらせている。「元迷子係の黒目」では現在は〝ママの大叔父さんのお嫁さんの弟が養子に行った先の末の妹〟と呼ばれる裏の離れに住む熱帯魚の世話が上手な女性がかつてデパートの迷子係であったことを知るまでが女の子の視点で語られる。「寄生」はプロポーズに出かける際にかつて子どもを失った老女に抱っこされるという形（『注文の多い注文書』の「貧乏な叔母さんの話」に状況が酷似している）で寄生される役目を急に負わされた男の話で、「黒子羊はどこへ」では島で生まれた子羊をきっかけに幼稚園の園長になる女性の話が、「巨人の接待」では希少な地域語でしか話さない偉大な文学者の通訳を務める女性が無音の吐息を訳して接待するエピソードが描かれている。

　こうしてみると、「係」の仕事は細分化されている分、本当に仔細な任務に溢れているが、それゆえに専門に担当する人だけに見え受け取れる密やかなサインが忍ばされており、それを受け止める喜びこそが仕事の醍醐味だというように思えてくる。小川洋子の描く仕事とは、こちら側の世界での一見無意味な繰り返しの中、ふと見つけてしまうあちら側の世界の愉しみを描いているのだ。

幻想とリアルがかぶさり混じり合う往復書簡

『あとは切手を、一枚貼るだけ』
（2020年　中央公論新社）

　小川洋子と堀江敏幸という二人の作家による、往復書簡の形で展開されるフィクション。一通めから「まぶたをずっと、閉じたままでいることに決めた」女が、かつて一緒に時間を過ごしたと思われる男に宛てて手紙を書く。男性も返信で左眼（『琥珀のまたたき』へのオマージュ？）の視力を失っていることを打ち明ける。つまりこの手紙は聞き書きによって書かれ、彼からの返事は朗読によって彼女に伝わっている「音」による往復書簡なのである。手紙に貼られた架空の切手、タイプライターで詩を書く男に階下のクローゼットの中で編み物をしながら耳を傾ける女など、幻想的な設定が続く中、二人が共有した時間の豊かさや共通項を象徴するものとしてたくさんの本や歴史的事実などの固有名詞が登場し、現実へと繋ぎ止める。小川洋子にとって文学のきっかけであり軸となっている『アンネの日記』がここでも重要な役割を果たしているほか、ヘンリー・ソロー、まど・みちお詩集、パブロフの犬（『世にもかわいそうな動物たち』）などの書物に二人の心情が投影されていく描写や、指揮者Kによる『ばらの騎士』オーケストラ公演や五つ子など時代を感じさせるエピソードなどもあり、展開する世界にディテールとリアリティが加わっていく。女がボートに乗った思い出を語れば、男はボートを見るたびに必ず乗るという二人の法則を思い出し、男がラジオから聞こえる海上保安庁の天気予報について語れば、女はその響きを同じ鳴き声を持つ小鳥に思いを馳せる、といったように思い出や解釈を丁々発止かぶせるように展開していく。特に二人の出会いである宇宙素粒子観測施設のボートのシーンは、ニュートリノという最先端の科学と水の幻想的なイメージが混じり合い、美しくイマジネーション豊かな一景となっている。さらに水のイメージは形を変えてたびたび登場し、ラスト、二人を引き裂いた秘密にたどり着く。コラボ企画として、二人の作家の個性と世界観が相乗効果を生みながら高い文学性をもって発展していき、特別な一つの作品として昇華している。

小さな舞台に物語を閉じ込める

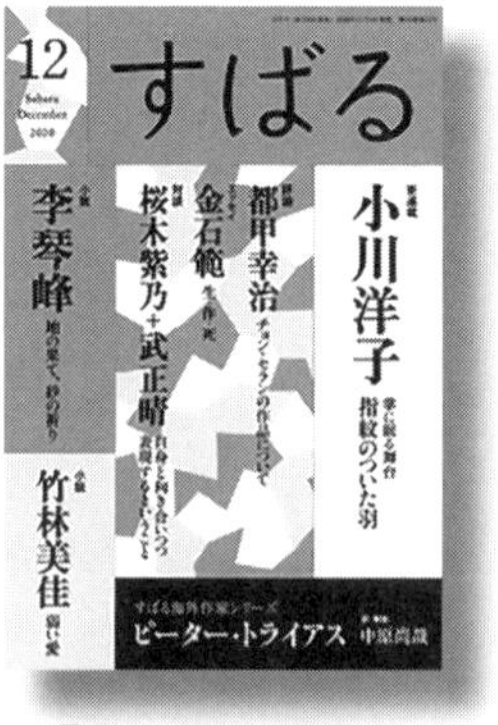

『掌に眠る舞台』
（「すばる」短篇連作連載中）

掌というのは小川洋子にとって世界に触れる体の一部であり、世界を支えることのできる体の一部なのではないだろうか。掌に乗せ眠らせることのできる小さな物語（小さいということは、はかなく美しいものであるという認識は、たとえば子どもというものに対する小川洋子の感性と表現を振り返ればわかるだろう）。

「指紋のついた羽」は金属加工工場の中庭で工具箱をひっくり返して地面に埋め、謎の動きをする少女の描写から始まる。その様子を見つめる向かいの縫製工場の縫い子さんは縁あって少女とバレエ『ラ・シルフィード』を観に行き、少女が主人公の妖精にずっと手紙を書いていてまったく見当違いの宛先に送られていることを知る。縫い子さんは妖精になりきって手紙の返事をそっと少女に届ける。一方で、縫い子さんは仕事で縫う乳母車のカバーが守る赤ん坊について思いを馳せ、赤ん坊は想像の中で少女とつながる。そして少女が行っている儀式のような行為の意味するものを悟り、工具箱という小さな舞台に子どもの心で物語を閉じ込める様子を描いている。

「ユニコーンを握らせる」は血の繋がらない親戚〝昔、女優だった人〟（正確に言えば、父方のお祖父さんの、若くして亡くなった先妻の連れ子。小川作品にはこういう関係性を連ねた呼称がよく出てくる）ことローラ伯母さんの家に受験のため逗留した短い期間の思い出だ。伯母さんの家の食器に書かれている言葉、不意に伯母さんの口から出てくる言葉が、彼女が唯一女優として関わった（実際には関わりかけた）テネシー・ウィリアムズの『ガラスの動物園』の台詞だというのが物語の鍵だろう。受験という現実を目の前に控えながら、あちら側の世界に住んでいる伯母さんとの会話の不思議さ（編み物が現実とつながる糸のような役割を果たしている）、おばさんがユニコーンにかけた魔法の意味が腑に落ちるラストまで「物語を閉じ込めた物語」として冴え渡った筆を堪能できる。

「鍾乳洞の恋」は伝票処理の得意な実直な室長の歯茎とブリッジの間から極小の白いいきものが生まれてくるという話。おそらくエッセイなどで明らかにしている小川洋子自身が口腔外科に通っていた頃の体験からインスピレーションを受けたフィクションであろうが、原因不明、影響不明の白い生き物が定期的に大量に生まれるという不思議を、ブリッジを舌で撫でながら、その奥にある暗闇を鍾乳洞にたとえるイマジネーション、そして室長と院長の間に朗読カセットテープ（アイロンの説明書や『オペラ座の怪人』のパンフレットを閉じ込めた）というもう一つのつなぐ糸があるのも見逃せない。

「ダブルフォルトの預言」の舞台は帝国劇場だ。主人公が『レ・ミゼラブル』全七十九公演のチケットを買うのだが、理由として帝国劇場から出てくるお客さんの放つ独特な空気から劇場に興味を惹かれたこと、たまたま知っている『レ・ミゼラブル』が直近の演目だったこと、そして七十九回分のチケット代金がもらった交通事故の保険金とぴったり一致したことが挙げられる。毎日通ううちに同じ内容でもキャストの組み合わせによって複雑な変化があり、舞台ならではのハプニングの楽しみも発見する。ある日一人の女性から声をかけられる。この劇場に住んでいるという彼女から楽屋の奥にある住居に招かれ、彼女の仕事の秘密を聞く。役者の失敗を事前に察知する能力を生かして素晴らしい舞台づくりに貢献する彼女はさながら帝国劇場の妖精だ。千穐楽の日、彼女に会えなかった主人公がたどり着く真実とは？　劇場の魔力と物語の裏側の楽しみが伝わってくる。

小さい、そしておそらく舞台の物語を閉じ込めた連作がどのように展開されるか期待したい。

神田法子（かんだ　のりこ）
一九七一年生まれ。早稲田大学第一文学部文芸専修卒業後、出版社勤務を経てフリーランスに。『ダ・ヴィンチ』『すばる』『読書人』などの媒体で書評を執筆するほか、文学新人賞の下読みも手がける。構成担当した書籍に『一億分の一の小説』（KADOKAWA）がある。

あとがき

今回、このような形の本を作る運びとなり、私自身、思いがけない気持でいます。冒頭には、二〇二〇年、戦後七十五年の区切りに、ニューヨーク・タイムズから依頼されて書いたエッセイを置き、あとは海外を含め、さまざまな場所で私の文学について語られたり、あるいは自分が語ったりした言葉を集めています。最後には、これまで出版された全小説について、神田法子さんが解題を書いて下さっており、作者本人でさえはっとさせられるような新たな光を、各作品に当ててくれています。本書はこの解題を核に、小説の外側に散らばった言葉たちを丁寧にすくい上げたもの、と言えるでしょう。

正直、自分の発言でありながら、すっかり忘れていることもありました。また、繰り返し同じテーマを追いかけているようでありながら、一方で、新たな道を探ろうとしてもがく姿も伝わり、否応なく時の流れを感じさせられました。本書を作る過程は、新たに自らを発見する体験でもありました。

今、一つはっきり分かったことがあります。自分はやはりこれからも小説を書き続けてゆくだろうという、言ってみれば当たり前のことです。理由も知らず、目的地も見えないままに、一歩一歩足跡を残すように、言葉を書きつけてゆく。この困難を、今、ありがたいものとして受け止めています。

快く資料を提供して下さった、日本著作権輸出センターの吉田ゆりかさん、インタビューの再録をご快諾下さった堀江敏幸さん、千野帽子さん、その他、ご協力いただいたすべての皆様に、心よりお礼を申し上げます。全作品の解題という信じられない重労働を担って下さった神田法子さん、そして本書を企画し、編集して下さった大槻慎二さん、本当にありがとうございました。

大槻さんは私にとって、デビューして最初の担当編集者でした。当時叩き込まれた小説への真摯な態度は、今でも私を支える背骨になっています。デビュー以来三十年以上経って、再びこうして一緒に本を作れる喜びは、何ものにも代えがたいものです。

最後に、本書を手に取って下さった皆様。ありがとうございます。ここから、小説の目に見えない力を感じ取っていただければ幸いです。

二〇二一年　雨の季節に

小川洋子

小川洋子（おがわ　ようこ）
1962年、岡山市生まれ。早稲田大学文学部第一文学部卒。88年「揚羽蝶が壊れる時」で海燕新人文学賞を受賞。91年「妊娠カレンダー」で芥川賞受賞。2004年『博士の愛した数式』で読売文学賞、本屋大賞、同年『ブラフマンの埋葬』で泉鏡花文学賞を受賞。06年『ミーナの行進』で谷崎潤一郎賞受賞。07年フランス芸術文化勲章シュバリエ受章。13年『ことり』で芸術選奨文部科学大臣賞受賞。20年『小箱』で野間文芸賞を受賞。他に多数の小説、エッセイがある。

田畑書店

小川洋子のつくり方

2021年　8月　6日　第1刷発行
2022年　1月15日　第4刷発行

編　者　田畑書店編集部

発行人　大槻慎二
発行所　株式会社 田畑書店
〒102-0074　東京都千代田区九段南3-2-2　森ビル5階
tel 03-6272-5718　fax 03-3261-2263
本文組版　田畑書店デザイン室
印刷・製本　モリモト印刷株式会社

Printed in Japan

ISBN978-4-8038-0386-0 C0095

定価はカバーに表示してあります

落丁・乱丁本はお取り替えいたします